摘み草の里　千光寺精進ごよみ

五十嵐佳子

朝日文庫

本書は書き下ろしです。

目次

摘み草の里　千光寺精進ごよみ

第一章　摘み草の里

一

柔らかな日差しが降り注ぎ、木々の葉が春風にさやさやとそよいでいる。子どもたちが尼寺の境内《けいだい》で遊んでいた。

〽草履《ぞうり》隠し、ちゅうれんぼ。
橋の下のネズミが草履をくわえて、ちゅっちゅくちゅ。
ちゅっちゅく饅頭、誰が食った？　誰も食わない、わしが食った。
表の通りの三味線屋、裏から廻《まわ》って三軒目。

節をつけて歌いながら、それぞれの前においた草履を順番に指さし、「三軒目」で指が止まった草履の持ち主の子がひとりまたひとりと抜けていく。最後に残った草履の女の子が鬼と決まり、子どもたちは、わっと声をあげた。女の子は口を尖らせながら、大きな銀杏《いちょう》の木に体をもたせかけて、目を手でおおう。

「もういいかい」

「まあだだよ」

千光寺《せんこうじ》は、目《め》黒《ぐろ》不《ふ》動尊《どうそん》から歩いてほど近くの小さな尼寺である。

小高い丘の中腹にある寺で、苔むした石段を五十段ほど上がり、小さな踊り場を抜け、さらに五段、上った先にある。

晴れた日は、境内に子どもたちの声が響き渡る。かくれんぼ、ことろことろ、木の下で女の子たちがままごとやお手玉をしていることもある。

「外遊びにはちょうどいい陽気だものね」

「それにしても小さい子がたくさん」

本堂の外《げ》陣《じん》で車座《くるまざ》になっていた女たちが、開け放たれた扉を通して聞こえてくる子どもの声に目を細めた。

若い女房、年配の隠居、未婚の娘など、年齢も見かけもさまざまだ。

「このあたりの子どもは、六、七歳になると田畑に手伝いに出るので、寺の境内で遊べるのは、その前の一時だけなんですよ」

墨染の法衣《ほうい》に、白い尼頭巾《あまずきん》の年配の尼が目をゆるめた。顔には細かい皺《しわ》がきざまれているが、背筋はすっと伸びていて、うりざね顔に黒目がちの目が優しく光っている。千光寺の庵主《あんじゅ》・慈恵尼《じけいに》だった。

その隣には、人並み外れて背が高い、若い尼僧・和清尼《わせいに》が座っている。

やがて女の一人が口を開いた。三田《みた》で小間物屋《こまものや》を営んでいるという二十五歳の女だった。

「うまく話せるか自信がないんですけど」

「思いつくままお話しください。ここは女たちが思いを伝える場。約束は、途中でさえぎることなく、話に耳を傾けるということと、聞いたことはすべて自分の胸だけに納めて他言《たごん》しないこと。この二つだけです」

慈恵尼は柔らかな声で促《うなが》す。すると入口の近くに座っていた若い娘がおずおずとたずねた。

「ずっと黙って、話を聞いていないといけないんですか」

「いいえ。話し手の思いに寄り添った相槌《あいづち》や言葉なら大歓迎です。ただ、どんな話であっても、それは悪いとか嫌いだなどと打ち消したりはしないこと。安らいだ気持ちで話してもらいたいものですから」

　他では話せない物語を内に秘めている女たちは、真剣な表情で、慈恵尼にうなずいた。

　小間物屋の女は気持ちを整えるように一瞬目を閉じ、それから口を開いた。

「私、……家族の縁が薄いんです。母は私が三歳のときに風邪をこじらせて亡くなりました。十三歳の時には祖父が、十五歳の時には祖母が死にました。そして二十歳のとき、ちょうど五年前のことですが、今度は父が流行《はや》り風邪であっけなく逝《い》ってしまって。ひとりっ子だったものだから、血がつながっている家族はもう誰もいなくなってしまったんです」

「五年前の流行り風邪はたちが悪かったですよね。高い熱とひどい咳《せき》が続いて……うちの町でも大勢、亡くなりましたよ。祝言《しゅうげん》が決まっていた私の幼馴染《おさななじみ》も命を落として。まだ二十歳前だったのに。通りを歩くのは、野辺《のべ》送りの人ばかり。町は閑散として、立ち行かなくなって閉じた店も一軒や二軒じゃなかった。流行りがおさまったときには、なんとか生き延《の》びたと、ほっとしました」

　若い娘が合いの手をいれた。

　耳を傾けていた女たちがしきりにうなずく。

「辛い年だったわねえ」

「それでも亭主とふたりで、なんとかがんばってきたんです」

「ご亭主がいらっしゃるのね」

慈恵尼がいった。

「はい。十八のときに婿《むこ》に入ってもらったんです」

「どういう人なの？　いい人？」

若い女が幾分馴《な》れ馴れしく聞く。

「店の手代《てだい》だった人で、私の二つ上、子どもの頃からきょうだいみたいに育って。優しくて頼りになる人でした」

「でした？」

「その亭主も一年前に亡くなりましたの。朝まで元気だったんですよ。いつものように、店で客の相手をしていたんです。客がひけて、これから掛け取りに行くといって、店を出ようとしたところで胸を押さえたと思ったら、もういけなかった。医者は心の臓だと。でも……あの人が死んでしまうなんて。私も思ってなかったけど、本人も思ってなかったはずなんです。前の晩には、一緒になって六年たっても子ができないので、そろそろもらい子をしようかと話していたくらいで……」

女の目が潤《うる》む。

「それからなんとかひとりで生きてきました。店も私が切り盛りしています。でも、思い出すと苦しくて……。寂しくてたまらなくて」

「いいご家族だったんですね」

慈恵尼が静かにつぶやく。

「祖父母は、母がいない私を不憫《ふびん》がってかわいがってくれましたし、父も穏やかで、亭主は明るくておもしろくて、私をいつも笑わせてくれて……」

手巾《しゅきん》で女は涙を拭《ふ》いて、慈恵尼を見た。

「みなさん、おいくつで亡くなられたんですか？」

「祖父は五十二、祖母は四十八でした。祖父は卒中で、祖母は転んで頭を打って……。父は四十手前、あの人は二十六でした」

人生五十年といわれる世の中、祖父母は長生きとまではいえないが、短命ともいえない。

「私、庵主さんのお考えが聞きたくてここに来たんです。いろんなことをいう人がいて、私、よくわからなくなってしまって」

「どんなことでしょう。お答えできることならいいんですけど」

女は唾《つば》を呑《の》み、慈恵尼をひっしと見つめた。

「私は……先祖に祟《たた》られているんでしょうか。それとも前世で悪行をなしてしまったんでしょうか。……とすると家族が早死にしたのも、私のせいなんでしょうか。……これからも私と関わる人は早死にしてしまうんでしょうか。そう考えると、生きていくのが怖くてたまらないんです」

「そちらさまに、そういった人がいたんですね」

「ええ」

慈恵尼は膝《ひざ》の上においた両手を組んだ。

「生老病死……人の意志ではどうしようもできないことが、この世にはありますよね。すると、何かの因果《いんが》で病になったとか、先祖が何かをしたからそうなったとか、お祓《はら》いをしたほうがいいとか、いってくる人が往々にして現れます。うちの寺に、そのご相談にいらっしゃる方もいます。親切でいってくれる人が多い上、いわれるほうは気が弱っていますから、言葉が強く響いて、そうしなければならないという気持ちにさせられがちなんですよ、……でもね、五年前の流行り病ではこのあたりでもずいぶん人が亡くなりましたよ。老いも若きも。子どもも赤ん坊も。私も野辺送りに駆けまわり……でも誰一人、祟りや因果のせいであの世に行かれたとは思いませんでした。そうこうしているうちに私も病にかかり、長いこと、寝込みましてね」

「庵主さまも流行り病に」

　慈恵尼はうなずく。

「熱が出て、息が苦しく、もうこれまでかなと思うほど、弱りました。でも、それが先祖の祟りだとか、前世の因縁だなんて、これっぽっちも思いませんでしたよ」

「……」

「思ったのは、病がうつったんだなって。ああ、もらってしまったなって。流行り病ですから」

「ではうちの父も亭主も、私を苦しませるために、祟られて死んだわけではない？」

「もし、もしですよ。万万が一、先祖が祟ろうとしたとしても、先にあちらにいってらっしゃる方々、たとえばおじいさんやおばあさん、お母さんは、そんな先祖から、かわいいそちらさまを、どんなことをしてでも、守ってくれるんじゃないですか。祟ったりしないでくれ、とかばってくれるんじゃありませんか」

　ふうっと表情をゆるめた女を見つめながら、慈恵尼はほほ笑んだ。

「死んだ人はみな浄土《じょうど》で穏やかに暮らしているそうです。この世で起きたことを引きずって、祟ったりはなさいません」

「私の前世のせいだという人もいるんですけど……」

「前世があると考える宗派もありますよね。そうした宗派でも、今生きているのは、前世よりさらによく生きるためと考えられているそうですよ。ですから前世の行いがたとえ悪くても、今世で罰を与えられたりはしないのではないでしょうか」

「父と亭主が死んだのも、私のせいではないと？」

慈恵尼がうなずく。

「では、私と関わる人が今後、祟られて死ぬこともないんでしょうか」

「今までもこれからも」

「じゃ、なんで父と亭主はあんなに早く逝ってしまったんでしょうね」

また女は深々とため息をついた。

突然であっても、長患《ながわずら》いの末であっても、天命を全《まっと》うした別れであっても、それが大切な人であればあるほど、その死を受け入れるのはたやすいことではない。人の命には限りがあるとわかっていても、永遠の別れに打ちひしがれ、立ち上がれなくなることもある。

「亭主はまだ死ぬような年じゃなかったのに。あきらめられなくて……」

この女の亭主のように若くして亡くなった人には、むごいとか、かわいそうだとか、こんなひどい話はないといった言葉を投げかけがちだ。残された家族に寄り添っているつもりで、悪気なく、そういう人が多いのだが、残されたものにとってこれらの言葉は重い。したいこともできなかった、浮かばれない人生だと決めつけられた気がして、悲しみが深くなってしまうことさえある。

うつむいてしまった女に、慈恵尼は静かに語りかける。

「若くして亡くなる人が不運だと決めつけるのはどうなんでしょう。他人がはかれるようなことではないんじゃないでしょうか。そちらさまにそれほど悼《いた》んでもらえるんですもの、短くてもご立派な人生だと思いますよ」

「短くても立派な人生……」

女は胸に納めようとするかのように口の中でつぶやいた。

隠居の老女が女の手首を指さす。

「その数珠《じゅず》、どうしたんです？」

「知り合いが……祟りを鎮めるという高価な壺をずいぶん、勧めてきて……そちらは断りましたけど、この数珠だけは買ったんです」

女の手首には水晶の数珠が光っている。集っている女たちが口々に、騙《かた》りだと騒ぎ出した。三十がらみの女が口をとがらせる。

「いるんですよ。そういう人が。亭主が病で寝込んだときにも、この薬汁を飲めば治るとか、菩提樹《ぼだいじゅ》の実でできている数珠を身につけよと、しつこくいってきた人がいてね」

「それでどうなさったんですか」

「藁《わら》にもすがりたいという思いでいたもんだから、怪しげなものにもさんざん手を出しちまいました。でもそれを知った亭主にひどく叱られまして」

「病で寝ているご亭主が怒った？」

「ええ。そんなもので、おれの病が癒《い》えるか。人の弱みにつけこんで金儲けをしようとしているか、おかしな神様を本気で信じてるかのどっちかだ。数珠を返してこい。金は返さないといったら、くれてやると放り投げてこい。とにかくこれから家に近づくなって、きっぱり言い渡してこいって」

「まあ」

「うちの亭主、旦那寺《だんなでら》の坊さんが幼馴染で、無二の親友だったものですから、信じているのは仏様と産土様《うぶすな》だけ。そういうあやしげな話が昔から大嫌いだったんです」

怒ったのがよかったのか、病はそれを機に治ったという。だが、そのあとが大変だったと続ける。

近所の神社から、亭主の名前を書いた藁人形と五寸釘《ごすんくぎ》が見つかったのだ。

「藁人形って……丑《うし》の刻《こく》参りですか」

丑の刻参りとは、人を呪い殺す願掛けの方法だ。願をかける者は、白装束《しろしょうぞく》を身につけ、胸には鏡をつるし、髪はざんばら、顔には白粉《おしろい》、頭にはロウソクを三本立てた鉄輪《かなわ》をかぶり、神社の御神木《ごしんぼく》に憎い相手に見立てた藁人形を、毎夜、丑の刻（午前一時から午前三時ごろ）に五寸釘で打ち込む。七日目で満願《まんがん》となれば、呪いが成就し、相手が死ぬという物騒なものだった。

ただ、途中で人に知られれば効力が失せるので、秘密裏に行わなければならない。

「亭主は元気になったもんだから、すぱっと治ったのは数珠を返したからだ、と仲間にも吹聴《ふいちょう》して……それで、数珠や仏像を売っていた人たちの恨みを買ってしまったんじゃないかと思うんですよ」

「それにしてもそんな手の込んだひどいことを」

「で、ご亭主は？」

「さすがに本人にはいいませんでしたよ、気味が悪いでしょう。自分の名前を書いた人形が五寸釘で打ちつけられていたなんて。でも、ひょんなことから、これもばれてしまって。そしたら、亭主はまたまた激怒して。そんな呪いなんて嘘っぱちだ、絶対におれは死なないって、ますます元気になったんです」

「呪いをかけた人はどうなりました？　「人を呪わば穴二つ」といいますが」

「……それが、数珠やあやしげな薬を売りつけた人は今ものうのうと、町を歩いているんですよ」

「まあ……いったいどういう……」

「おかしな話でしょう」

慈恵尼が苦笑した。

「ご亭主もご無事。呪ったと思われる方も変わりない……とすると、いずれにしましても、その丑の刻参りはご亭主のおっしゃった通り、嘘っぱちで、何の効き目もなかったということではございませんか」

女たちがざわめきながらうなずく。

「でも私は亭主とは違って、信じやすく、くよくよする性分《しょうぶん》なもので。恐ろしくて眠ることもできなくなって……。すみません、話に割り込んでしまって。おかげさまですっきりしました。この話を誰かに聞いてもらいたかったんです。大丈夫だっていってほしかったんです。ずっと胸の中に溜《た》めているのが苦しくて。かといって、こんな話、うっかり人には話せなくて」

それから女たちは次々に自分の話をはじめた。

千光寺は、六代将軍徳川家宣《いえのぶ》によって開山された浄土宗の尼寺である。

徳川家光《いえみつ》の三男で甲府《こうふ》藩主・徳川綱重《つなしげ》の庶長子《しょちょうし》として、江戸千駄木に生まれた家宣は、十七歳で甲府藩主となり、甲府と江戸を往復することになったが、このとき江戸上屋敷《かみやしき》の女中と懇《ねんご》ろになり、女中は女児を生んだという。

だが、赤ん坊は三日もたたぬうちにこの世を去り、それを嘆《なげ》いた女中が菩提を弔《とむら》うために出家した。そのときに家宣よりたまわったのが、この千光寺だった。

その後、五代将軍・綱吉《つなよし》が亡くなり、家宣が思いがけず四十八歳で第六代将軍に就任すると、慈悲深い正徳《しょうとく》の治《ち》を実践したといわれる。悪法として名高かった生類憐《しょうるいあわ》れみの令を順次廃止し、文治《ぶんち》政治を推進し、財政改革も試《こころ》みた。

家宣が将軍職につくと、千光寺はわずかながら地所《じしょ》もたまわった。檀家《だんか》を持たない小さな尼寺が、なんとか廃寺にもならず、今に至っているのはそのおかげでもある。

五のつく日、悩みを抱えた女たちが集う会が催《もよお》されるようになったのは、慈恵尼が庵主になってからだ。

ある者は伴侶を失った悲しみを、またある者は胸に溜めこんでいた姑《しゅうとめ》や嫁、亭主など身近な人との折り合いの悪さやその苦しみなどを吐き出すように打ち明ける。

どこの誰と名乗らなくてもいい。何度、同じ話を繰り返してもいい。話がすむと読経をし、慈恵尼が作った野の香りがする食事を食べ、女たちは少しばかり穏やかな表情になって帰っていく。

　今では噂を聞いて、遠く日本橋や浅草などからも、女たちがやってくる。

　仏教には心施《しんせ》という教えがある。心から相手のことを想い、話を聞き、寄り添い、共に喜び、共に悲しみ、痛みや苦しみを自分のものとして感じ取る、それが心施であり、女たちの話を聴くことは、仏の御心《みこころ》にかなうことでもあった。


　最後におずおずと口を開いたのは、四十代半ばの女だった。

「亭主が亡くなりまして八年になります……」

　その寂しさを語るかと思いきや、自分は亭主に情を感じたことがないと低い声でいった。左目の下に、大きな泣きぼくろがある小柄な女で、地味だが高価そうな紬《つむぎ》を着ていた。とある神社の門前で土産物屋《みやげものや》をやっているという。

「十八歳で一緒になったんです。私のさとが隣町で小さな店をやっていた縁で仲立ちする人がいて」

　舅《しゅうと》はすでに亡くなっていて、家の中は姑の天下でもあった。姑は女の泣きぼくろを嫌い、初めから辛くあたった。

「こういうほくろがある女は男好きで、浮気癖があるんだそうで。そんなほくろがあるとわかっていたら、嫁にもらわなかったと、ことあるごとにいわれました」

姑は人相に一家言あり、人の顔から持って生まれた性分や運勢がわかると信じていた。人相見の力があったから、亭主が死んだ後も店を繁盛《はんじょう》させることができ、家庭も円満だったと、女にいった。

「私の鼻を見て、おまえはあまのじゃくで、素直じゃないね、ともいいました」

「どうして?」

女たちが、土産物屋のその女の鼻をのぞきこむ。

「少し曲がっているでしょう」

「そうお?」

「よくわからない。これを曲がっているというなら、まっすぐの人って滅多《めった》にいないんじゃない」

いわれてみればそうかもしれないが、ぱっと見てわかるほどではない。

「亭主は姑からかばってくれるわけでもなく……でも、娘三人、息子ひとりに恵まれましてね。情のない夫婦の交わりで、よくもこれだけ生まれたものですよ」

亭主は外に女が絶えなかった。はじめは肝《きも》も焼けたが、次から次に女ができるので、やがて悋気《りんき》もしなくなった。何度も離縁という言葉が頭をよぎったが、子どもたちを父親のない子にしたくないという一心で女は耐えた。

やがて亭主はある芸者とねんごろになり、妾宅《しょうたく》にいりびたるようになった。

姑は、女房のお前が悪いから他の女に走るのだと、女を責め立てた。

「笑っちまいましたよ。亭主も姑も、はじめから私を女房扱いなんてしなかったくせに。ないがしろにして、人とも思わなかったのに。そのせいで、自分が女であることだって忘れそうだったのに」

「こんなことといって、気を悪くしないでね。もしかして……旦那さんにほくろは?」

丑の刻参りの女が身を乗り出す。

「気を悪くなんてしませんよ。私も、何度も思いましたもの。浮気三昧《ざんまい》の亭主には泣きぼくろがないのはなぜだろうって。人相学が当たらないこともあるんですね、って、姑にいってやれたらどんなに胸がすくだろう、と」

やがて姑が寝付いた。

「寝たきりの姑の世話なんて、したくなかった。亭主にほの字なら、亭主を生んで育てた人と思えたかもしれないけど、さんざん、いじめてくれた人ですからね。間尺《ましゃく》に合わない話ですよ。姑が倒れても亭主は妾のところから帰ってきませんでした。それで亭主の姉さんに、昼の間だけでも姑の世話を手伝ってもらえないかと頭をさげたんです。近くに嫁いでいたものだから。姑が元気な時は毎日のように遊びに来ていたし。でも、それは嫁の仕事だとあっさり断られまして……それから大変でした」

「そういう人、いるよね」

「この母にしてこの娘あり、この息子ありだ」

「ご苦労なさいましたね」

「さんざんでした。床《とこ》から起き上がれないくせに、姑は相変わらず、口は達者で、私に悪口雑言《あっこうぞうごん》をまき散らして。おまえが嫁に来てからうちの運気が落ちた。自分が倒れたのも、私の顔のせいだって。突然怒り出して、物をぶつけられたこともありました」

　姑は鈴を鳴らして、夜となく昼となく女を呼んだ。

「鈴の音が聞こえると、胸の動悸《どうき》がしてね。悔しくてしょうがなかった。よくも私の顔をここまであげつらっていびり倒してくれたって。……だからわざと気がつかないふりをして、たびたび放ったらかしたりもしました。寝ついて半年、姑が亡くなったときはほっとしました。下の世話もしていたのに、最後までねぎらいの言葉ひとつありませんでした。今から十四年前のことです」

皮肉な表情で、女はふふっと鼻に皺をよせた。

「すると、亭主はなおのこと、家に寄りつかなくなりましてね、しかたなく私が店に出るようになったんです」

はじめて接客しようと店に向かった時、番頭に止められた。

「そのときいわれたことは……忘れられない」

——おかみさん、その恰好《かっこう》で店に出るんですか？　大おかみさんの着物、残っていませんか。大島紬《おおしまつむぎ》を何枚もお持ちだったでしょう。そちらをお召しになってもらえませんか。せっかく土産物を買おうと入ってきてくれたお客の気をそぐようなその恰好では……。

——お姑さんの着物は、お義姉《ねえ》さんが全部持っていってしまって……。

——私がこんなことをいうのはなんですが、店で着る着物と帯、せめて二つずつ、誂《あつら》えてくださいませんか。髪もきちっと結ってください。その恰好で店に出られたら困ります。

「はっとして自分が着ているものを見たら、ひどいぼろだった。水を通し過ぎて、元の色がなんだったかわからない。袖口《そでぐち》や衿口《えりぐち》はすりきれて、糸が飛び出している。番頭さんのいう通りだった。こんな女が、いらっしゃいませ、なんていったら客が逃げだす。貧乏くさい店から土産物を買う人なんていないもの。恥ずかしくて、情けなくて、みじめで、顔から火が噴き出しましたよ。女中のお仕着せの絣《かすり》のほうがずっとましだったんですから。そういえば新しい着物なんか、私、何年も買ってなかったんです。姑は毎月、新しいものを新調していたのに。家にお金がなかったわけじゃないのに、私がもらえたのは、その日のおかずの代金だけ。好きに使える銭など一銭もなかった。……そういう扱いをされてきて、私もそれに慣れてしまっていたんですよ。お粗末な話です」

女はあわてて、娘時代に行きつけだった古着屋に走った。古着屋の主は替わっていなかったが、女の顔を見ようともしなかった。娘時代は愛想《あいそ》よく接してくれた主は、シミや継ぎあてがついている安い着物ばかりを出してきて女に勧めた。それだけの客でしかないと思われたのだ。

それなりのものを選び、番頭から渡された金で支払うと、主ははじめて女の顔を見た。息を呑んで、名前を確かめた。

――お嬢さん？　覚えてますよ。声を聞いた時、似ているなとは思ったんです。でもまさか、てっきり他人の空似《そらに》だって……。

女の顔をもう一度見て、「苦労なさったんですね」と主は大きくため息をついた。

「それから髪結《かみゆ》いに行きました。涙が出ました、椿油の匂いが懐かしすぎて」

女は、子どものために店を残したいので、商いのいろはを一から教えてくれと、番頭に頭を下げたという。

大おかみだった姑が倒れても、跡継ぎの息子は店をうっちゃって帰ってこず、番頭は往生していたに違いない。律儀が着物を着ているような男で、この番頭がいたから店は続いてきたのだった。

とはいえ、商いを覚えたいといった女に、番頭は長年勝手仕事ばかりしていた女に商いは無理だろうと、はじめは冷ややかだった。だが、女は勘が良かった。やがて大《だい》福帳《ふくちょう》を一人でつけられるようになり、仕入れ先にも同行するようになった。

そんな矢先、亭主が妾宅で倒れた。姑が亡くなった一年後のことである。やはり卒中だった。

「姑が死んでから亭主が帰ってくるのは、ひと月に一度、金を車簞笥《くるまだんす》から取っていくときだけ。……そんな亭主の世話など、姑の世話以上に、したくなかった。だから囲っていた妾に、亭主の世話を頼んだんです」

――ええ～っ。わっちが見る？　で、いくら頂戴できるんですか？

今までの手当てに色をつけた金額を渡すといったが、妾は「わっちにはとても務まりません。悪しからず」とあっさり首を横に振り、手切れ金を受け取って、妾宅から逃げるように越していった。

「家も店もないがしろにして血道をあげた女に結局は見限られて、哀れな末路ですよ」

女はへの字の口の端をめくりあげる。笑ったように見えた。

それから女はしかたなく、亭主の世話をすることになった。

「昼は女中、夜は私が見ました。けど女中はすぐにやめてしまう。しょっちゅう大声で、怒鳴るもんだから」

亭主は体がきかなくなった憤懣《ふんまん》を、女中と女房にぶつけていた。

「そうでもしなけりゃやりきれなかったんでしょうけど……」

店と子育て、亭主の世話に追われ、夜も何度も起こされ、満足に眠れない日々が続いた。これまで亭主と姑にされた仕打ちを思い出し、憎しみが膨れ上がり、女もまた限界だった。

――怒鳴りたけりゃ怒鳴ればいい。もうあんたは何も自分でできないんだから。

何を言ったところで、気は晴れないとわかっていたが、きつい言葉で亭主を罵《ののし》ったりもした。

そしてある夕方、気がついたら、大声で叫びながら柱に自分の頭を何度もぶつけていた。

――もうたくさんだ、もういやだ。

女の額は割れ、血が吹き出した。女中や番頭が止めなかったら、どうなっていたかわからない。

「一度、気がふれた女なんです、私は」

それを機に、女は亭主の世話をやめようと思った。

「つてをたどりにたどって、見取り婆を雇いましてね」

「見取り婆?」

女たちが顔を見合わせた。

「ご存じない?　まあ、私もそんな仕事の人がいるとは知らなかったけど」

治る見込みのない病人や、寝たきりの年寄りの世話をするのが、見取り婆だという。

「婆といっても、四十くらい。手伝いの女中を引き連れ、二人で、ずっとうちに泊まり込んでくれましてね」

倒れてから五年、亭主は亡くなった。

「見取り婆にひと財産使いました。かまやしません。……亭主が死んだのを機に番頭にはできるだけのことをして隠居してもらいました。番頭は私がひとり立ちするまで、隠居を先延ばしにしてくれたんです。……やっと私の時代がきたんです。娘たちは嫁に出しました。まもなく跡継ぎの息子に嫁を迎えます」

「ご苦労なさって、ようやくほっとなさったんですね」

「これからはのんびりなさいませ」

だが女の話には続きがあった。

先日、店に出ようと草履をはこうとしたとき、突然、足がすくんで動けなくなった。踏み出そうとするのに、足が前に出ない。体がこわばって動かすことができない。戸のすきまから、朝の強い光がさしこみ、女の目を射た瞬間、胸の奥から激しくこみあげてきて、嘔吐した。吐いても吐いても、吐き気が止まらない。駆けつけた女中の声を聞きながら気を失った。

「医者は気の病だといいました」

「気の病？」

「体に悪いところはないというんです」

「まあ……お辛い思いをなさったからということですか」

「で、その後はいかがですの？」

「幸い、倒れるようなことはないんですが……嫌なことばかりを思い出すようになっちまって。夜も眠れず、まんじりともせずに朝を迎えることも……」

「どんなことを思い出されるのですか」

慈恵尼が柔らかい声でたずねた。

「いろいろですよ……通りで、妾と一緒に歩いている亭主とばったり会ったとき……亭主が妾に、あのぼろを着ているのが女房だとでもいったのでしょう。妾は私を見て、驚いたように目を見開き、勝ち誇ったように笑みを浮かべ、これみよがしに亭主の腕にもたれて、すれ違っていったこととか。風邪をひき、高熱で苦しんでいる私の枕元で、「体が丈夫なのだけが取り柄なのに寝込むとは役立たずだ。なんでこんな嫁をもらっちまったのか」と姑から罵られたこととか。……一つ思い出すと、また一つ、嫌なことを思い出す……胸の中が亭主や姑への憎しみでいっぱいになっちまうんです」

「何十年と苦労したんですもの。されたことは忘れられるもんじゃありませんよ」

女のひとりが相槌を打つ。

「これからもこの思いに悩まされるかと思うと……あの人たちはいつまで私を苦しめれば気がすむんだろ。……私の顔、そんなにひどいですか？」

「そんなこと……ちっとも思いませんよ、ねえ」

「ええ、思いませんとも」

「あたしだったら、姑なんかに顔をぼろくそにいわれたら、すぐにさとに逃げ帰りますよ。子どものためにとはいえ、ずっとがんばったなんて、えらいですよ。商いも覚えて、店も切り盛りして。誰もができることじゃありません」

女たちは口々にいった。

「娘時代、人から顔のことで言われたことなどなかったんです。いったい、人相学ってなんなんでしょうね」

女が唇をかむ。慈恵尼が口を開いた。

「人相学は本来、人を幸せにするため、不幸を避けるために生まれたものではないでしょうか。泣きぼくろのことだって、かわいらしくみえるから、男の人が寄ってくるかもしれないので、気をつけるようにということじゃないかと。……お辛かったでしょう。辛いことに限って、思い出したりするものですよね」

「慈恵尼さまも、辛いことがおありでしたか」

慈恵尼は女を見つめ、一瞬おいて、こくりとうなずいた。

「長年生きておりますから、それなりに降り積むものはございましたよ」

やがて、嫌なことを思い出さないようにするにはどうしたらいいだろうという話に変わった。

「思い出す暇があるから思い出すんじゃないですか。そんな暇を作らないようにしたら」

「店には息子が出ていて、私は今じゃ隠居。暇だけはあるもんで……」

「隠居なさっているなら、何か好きなことをなさったら」

「これまで働き通しだったものですから好きなことといわれても……近所の嫁さんの中には習い事をさせてもらってる人も多かったのに」

またひとくさり、女は愚痴《ぐち》をこぼした。

「いい声なさっていますよね」

慈恵尼がふとそういった。女ははりのある声をしていた。

「いい声だなんて」

「そういわれれば、ほんと、心地いいお声ですわね」

ほかの女が調子を合わせる。

「長唄《ながうた》でも小唄《こうた》でも端唄《はうた》でもいけるんじゃない?」

「私が唄うなんて、考えたこともありませんよ」

「近所に三味線屋、ありません？　いちばん近い三味線屋に行って、そこで教えてくれる人がいないかって聞いてみたらどうですか」

若い女がいった。

「お詳しいんですね」

「うちの姉の嫁ぎ先が三味線屋でね。本所《ほんじょ》ですけど」

「本所は遠いわ」

「ですから、お近くのお店で。何も三味線に限りませんよ。筆屋に行けば、句会やら狂歌の会やら、川柳の会などのことがわかりますし、扇屋にいけば踊りのお師匠さんや踊りの会のことがわかりましてよ」

慈恵尼は和清尼に耳打ちすると、そっと席をたって、庫裡《くり》に向かった。

二

庫裡にいたまさが振りかえって、慈恵尼を見た。

「お開きですか」

木綿《もめん》の着物を短めに着て、腰に前掛けを結び、襷《たすき》をかけたまさは、腕も腰回りも丸々として、慈恵尼の倍も嵩《かさ》がある。

「ちょうど、ご飯が炊きあがったところですよ」

まさが羽釜《はがま》の蓋《ふた》をとると、真っ白な湯気がわっと立ち上り、炊き立ての米の甘い匂いが広がった。

まさは千光寺の門前にある万屋《よろずや》「大黒屋《だいこくや》」の女房だ。

大黒屋は村でたった一軒の店で、醤油や乾燥豆、酒からざる、籠《かご》、鍋に至るまでなんでも扱っている。昨年、長男の新助が嫁をとると、まさは店を長男夫婦と亭主にまかせ、千光寺の手伝いを買って出るようになった。肌はつやつや、顔も福々とした四十一歳である。

「おまささんの炊くご飯は特別おいしいから」

「もう、庵主さまは人をのせるのがうまいんだから」

慈恵尼とまさが顔を見合わせて笑った。

ふたりの付き合いは長い。まさは婿取りで、もの心がつく前から、千光寺に出入りしていた。

境内がまさの子どもの頃の遊び場で、慈恵尼のことは、しいという名のときから知っていて、今も姉のように慕っている。

慣れた手つきでまさがご飯をおひつにうつすと、井戸端で手を洗って戻ってきた慈恵尼が素早く襷をかけた。

塩、梅干しを皿にとり、小鉢に手水を用意する。

慈恵尼は手水をし、塩をとり、掌《てのひら》にご飯をのせて梅干しをおくと、形を整えるようにかるく握り、竹籠に並べた。


話が一段落すると、女たちはご本尊に手を合わせた。お経を知らないという女には、和清尼がふりがなをふった経典《きょうてん》を渡す。

「おなかから声を出して唱えてくださいね。言い間違えてもかまいませんよ。それで阿弥陀様《あみださま》はご機嫌を損ねたりなさいませんから」

浄土宗のご本尊は、この世を光で照らす阿弥陀如来《にょらい》だ。南無阿弥陀仏《なむあみだぶつ》を唱えれば、どんな人でも救ってくれるという教えである。

読経がすむと、まさがにぎりめしとお茶、漬物を運んできた。

「どうぞ召し上がってください」

空気が和らぎ、女たちの手がつぎつぎに伸びる。

「手をぬらさずにいただけて、ここは極楽ですね」

は帰っていった。

「庵主さまの作るご飯を食べると寿命が延びるって評判ですよね」

大きなにぎりめしを食べ、ぽりぽりと沢庵や浅漬けをかみ、お茶を飲んで、女たちは帰っていった。

決まりがつかない話がほとんどだった。たとえ、こうすればああなるという道筋がみつかったところで、あまり意味がないだろうとも、慈恵尼は思っている。

土産物屋をやっている女だって、自分をさんざんいじめた亭主と姑は死んでしまったのだ。悩んだところでどうしようもない。過去を振りかえらず、今を明るく生きるほうがずっといいに決まっている。

だがそうはできず、苦しみ続ける。

千光寺を訪ねてくるのはそういう女たちだった。元気をだせとか、昔のことをくよくよ考えるなといった当たり前の慰《なぐさ》めは、女たちの心に響かない。

とはいえ、過去にとらわれ、怒りや恨みを募《つの》らせ、嘆き悲しみ続けるのはやりきれない。傍《かたわ》らに穏やかな日常や、つつがない暮らしがあっても、それに気づくことさえできなくなってしまう。

心にまきついたドロドロとした感情や、からみついた過去を捨てることができないまでも、言葉にすることで少し整理することはできるのではないか。整理すればちょっとは気持ちがらくになるのではないか。それが、慈恵尼が女たちのこの会を開くことにした理由だった。

さしずめ千光寺の会は、女たちの心の棚卸《たなおろ》しのようなものかもしれない。

「庵主さま。おさきちゃんが勝手口に来ていて……」

庫裡に戻ると、まさがいった。

さきは十歳になる村の娘だ。母親は影の薄い、優しそうな女だったが、三か月前に亭主と子どもを残し、突然村から姿を消した。以来、父親は田んぼに出ることもなくなり、田畑は荒れているという噂だった。

「草太《そうた》ちゃんも一緒？」

さきの弟の草太は五歳で、毎日境内で遊んでいる。

「ええ。草ちゃんを迎えに来たんですけどね。おなかがすいているらしくて」

食べるものにことかくことがあるのか、二人は痩せていた。

「ぶすっとして、めずらしいくらい愛想がない子ですよね」

和清尼がつぶやく。そういう和清尼も愛嬌のかけらもない。

確かに、このところ、さきの笑顔をとんと見なくなった。ときどき挑むようなきつい目をする。

「にぎりめしと漬物……大豆の甘味噌炒めもあったはず」

慈恵尼は、勝手口に向かって、「おはいりなさいな」と呼びかけた。


夕方になると、遊んでいた子どもたちも家に帰り、しんと静かになった。

「あっしも今日はこれで。また明日まいりやす」

下男の与平《よへい》が頭を下げた。与平は老妻と裏の薬園の奥にある小さな家に住んでいる。

沈丁花《じんちょうげ》の甘い匂いが漂う、おぼろな春の夕方だった。

「菜の花、おいしそうだこと」

慈恵尼が籠の中の菜の花を手に取った。和清尼が振りかえる。

「どなたかのお土産ですか」

「ほら、本所に姉さんが嫁いでるって人いたでしょ」

「ああ、姉さんが三味線屋をやっているっていう……その人がこれを？　お布施《ふせ》の代わりですか」

和清尼がぼそっという。慈恵尼は水にひたしている豆腐に目をやった。

「ええ。こっちの豆腐と油揚げは、丑の刻参りの話をなさった人が。これで何を作りましょうかしらね」

「このごろ、お金を包んでくれる人が少なくなりましたね」

第十一代将軍徳川家斉《いえなり》の治世である。老中首座についた水野忠成が、質の劣る貨幣に改鋳《かいちゅう》し、そのために、物価が高騰していた。お布施にまで影響が出ている。

「おいしそうよ。菜の花の太くてみずみずしいこと」

慈恵尼はそれから、和清尼に、菜の花をさっとゆがき、油揚げをあぶって細めの短冊切りにするようにいった。

自分はすり鉢をとりだし、半量の豆腐に胡麻、味噌を入れ、とろりとするまですりつぶし、辛子《からし》を加えてさらにすり、和清尼が下ごしらえした菜の花と油揚げをさっくりと和《あ》えた。

夕の膳には、菜の花と油揚げの白和え、豆腐とわかめの味噌汁、大豆の甘味噌炒め、沢庵と、菜の花の浅漬けが並んだ。

箸を運びながら慈恵尼は土産物屋の女のことを思い出した。帰り際に、女は慈恵尼にいった。

――はじめてでした。自分のことを話したのは。……口にすれば汚い言葉がとめどなく出てしまいそうで。それが怖くて誰にも話せなかった。さぞ、お聞き苦しかったでしょう。

——いいえ。お辛い思いをひとりでずっと抱えていらしたんですね。

——私も辛かったけれど、今日、話をして……姑と亭主も哀れだったと思いました。最後の半年、姑の見舞いに来る人はいませんでした。邪険にしていた嫁の私の世話になるしかなかった。厭々《いやいや》やっている私をあてにするしかなかったんです。……亭主だって、妾と女房の両方に愛想をつかされ、長年放っておいた子どもたちも寄りつかず、五年間、寝たきりのまま逝ってしまった。……それでもねぇ、もっと二人に優しくすればよかったとは、思えないんですよ。冷たい女なんですかね、私は。

——そう思われただけでも、大変なことだと思いますよ。何十年も耐えてらしたんですから。

女はうつむいていた顎《あご》をわずかに上げた。

——また来てもいいですか。

——いつでもいらしてください。お待ちしています。

女ははると名乗った。はるはまた来るだろうか。来ると言ってこない女も多い。

三

慈恵尼は、親の名も顔も知らない。

今から四十八年前の師走。雪が降りしきる朝、千光寺の本堂の前に、襁巻にくるまれて捨てられていたのである。

身につけているものに、身元がわかるようなものはなかった。ただ、赤い巾着《きんちゃく》形の守り袋を胸に入れていた。その中には、「そくさい」とだけ書かれた小さな木札が入っていた。

赤ん坊を見つけたのは二十五歳の恵桂尼《えけいに》だった。先々代が一年前に亡くなったばかりで、恵桂尼は一人で千光寺を守っていた。

連絡を受けて寺に駆けつけた村長《むらおさ》は頭を抱えた。捨て子、迷い子は、村の者が面倒を見なくてはならないという定めがある。

――生まれて半年くらいか……けれど、庵主さま、この村に子どもを引き受けられるような者は今、おりませんよ。ご存じの通り、去年はひどい不作でした。袷《あわせ》を着ても寒いような夏で……米には実が入らない。野菜もみなしおれてしまった。一年だけならまだなんとか耐えられたかもしれない。今年のひどさといったら、去年の比じゃなかった。あの浅間山《あさまやま》が噴火したせいか、夏から、晴れた日が一日もなかった。ここからは影も形も見えない山でも、空はつながっているからなのか、長いことお天道様が隠れちまって昼でも暗く……稲は実をつけぬまま立ち枯れ……そのうえ、赤痢《せきり》の流行ですよ。腹をすかした者たちから、ばたばたと死んでしまった。働き手がいなくなってしまった家だって。……この子を捨てたのも、食いつめたからでしょうかね。私らだって、他人事ではありませんよ。いったい、どうしたものか……。

のちに「天明《てんめい》の大飢饉《だいききん》」といわれる大凶作の真っただ中だった。

村長も、組頭《くみがしら》たちも、腕を組んだまま、無言で時ばかりが過ぎていく。

ぐずぐずしはじめた赤ん坊を恵桂尼が抱き上げた時、ひときわ声が大きくなった。

「その泣き声が生きたい、大きくなりたいといっているように、私には聞こえたんですよ」

のちに恵桂尼は慈恵尼にそう打ち明けた。

——寺で育てましょう。私がお預かりいたします。

恵桂尼が村長にいったのは、そのすぐ後だったという。

それにしても、一人暮らしの恵桂尼が、よくぞ赤ん坊を引き取ろうと決意したと思う。

村人に貰い乳をし、夜は重湯《おもゆ》を与えてしのいだというが、誰もが食べられるものをかき集めるようにして糊口《ここう》をしのいでいた時期であったうえ、子育ての経験のない恵桂尼が乳飲み子を育てるのは並大抵ではなかったはずだ。

恵桂尼はその子に、しほという名をつけた。

しほのいちばん最初の記憶は、ちょうど今頃の季節、筍《たけのこ》掘りをしたときのことだ。恵桂尼はぽっちゃりとした体を野良着に包み、鍬《くわ》をふるっていた。その傍らでしほは掘り上げた大きな筍を持ち上げようとした。筍の皮が頰《ほお》にあたり、ちくちくしたのにびっくりして、気がつくと坂を転がっていた。恵桂尼と手伝いのおばさんが駆けよって抱き起こし、しほの頰についた泥を拭ってくれた。あれは三歳の春だったろうか。

恵桂尼は、おおらかで、料理上手だった。しほは恵桂尼を「おっかさま」と呼び、朝夕ご本尊様に向かって共に手を合わせ、お勤めをするのが日課になった。

恵桂尼と野草を摘み、畑仕事を手伝い、六歳になれば村の子どもたちに交じって手習い所に通った。

寺で恵桂尼と二人で暮らしていたのだ。普通の家とは違うとは、しほもわかっていた。父のことを恵桂尼に尋ねたことがある。

――おっかさま、おとっつぁまはどんな人だった?

――どんな人だったかしらねえ。……きっと優しい人よ。

困ったような恵桂尼の様子から、それ以上聞いてはいけない気がした。けれど、子どものことで、おとっつぁんはいないけれど、恵桂尼が実のおっかさんだと思い込んでいた。自分が恵桂尼の子どもではないとうすうす感づいたのは、五歳ころだったか。捨て子であると知ったのは、手習い所に通ってすぐだった。「捨てられた子、いらない子」と子どもたちにはやしたてられた。

村の子は、しほが寺の前に捨てられていたことや、村の誰それから乳をもらったことまで知っていた。それをいきなりぶちまけられて、しほの胸から血が噴き出すようだった。知らぬは本人ばかりだったことも、悲しかった。

泣きじゃくりながら手習い所から帰ってきたしほに、恵桂尼はしほが寺にやってきた日のことを語り、遠くは日本橋の迷子石まで調べ、赤ん坊の親を目黒の千光寺で待つという文《ふみ》も自身番に配り歩いたといった。

泣き止まないしほを抱きしめ、恵桂尼は「阿弥陀様がくださった子どもなのよ。しほは私の宝物よ。あなたがいてくれて、私がどれだけしあわせだったか。かけがえのない子なのだから、泣かないでおくれ」と慰めた。

そして、恵桂尼は、赤い守り袋をしほに見せてくれた。

本当のおとっつぁまとおっかさまは、しほを捨てたくて捨てたんじゃない。きっと何か理由があったのだ。この守り袋を見ればわかるでしょう、木札の「そくさい」という字に、元気でいてほしいという心がこもっているでしょう、しほは、大切な大切な子どもなのよ、と。

それでもしほは、本当の親がどんな思いで、自分を捨てたのか。なぜ、この寺に捨てたのか。知りたかった。

どんな人なのか。生きているのか。きょうだいはいたのか。

生きているなら会いたい。いつか、会いに来てくれるのではないか。

それから何年もの間、見慣れぬ参拝者が寺に来るたびに、しほは自分の親ではないかと目を凝らした。「ここに捨てられた子はどうなりましたか」と聞くのではないかと身構えもした。だが、期待したことは起きぬまま、時が過ぎた。

いずれ自分も尼となり、この千光寺を継ぐのだろうとしほは思っていたが、恵桂尼はしほが年頃になるとこういった。

――行く末は自分で決めればいい。尼になるにしても一度、世の中を見てきたらどうかしら。

千光寺しか知らずに仏道に入ることに、しほがためらいを覚えていたのを恵桂尼は気づいていたようだった。親を探したいという望みを、しほが今も心の奥底に持っているということも。

幼いころから野草に親しんでいたしほは、恵桂尼の口利きで十五歳で千光寺を離れ、原宿村の薬園「吉祥園《きっしょうえん》」に奉公した。吉祥園では下働きの男女に交じって、薬草づくりにいそしんだ。また新たな苗を受け取りに行く役などを買って出て、さまざまな土地に出かけていっては、あの飢饉のころ娘を寺の前に置いていった者がいないか、尋ねて歩いたりもした。

その中で、しほは、飢饉で大勢の子どもの命が奪われたことを知った。そもそも、世の中にはしほと同じ年頃の子ども自体が少なかった。女は男よりさらに少ない。年寄りをその時に亡くしたという家も多かった。子ども、特に女子、そして老人という弱い者が、飢饉という災害の影響をまともに受けたのだ。

一方、薬園で働くのは楽しかった。日を好むもの、陰を好むもの、水を好むもの、乾燥した土を好むもの、植物の性質や薬効も覚えた。茎や葉や花は陰干し、根や樹皮は天日干しにし、ものによっては焙煎《ばいせん》をすること。お茶にするもの、根・茎・葉・花などを食するもの、焼酎に浸して皮膚に塗布するもの、煎じて飲むもの、薬研《やげん》で細かく砕いてほかの薬草とあわせて使うとどのような効用があるかといった知識も、少しずつ蓄えていった。

多感な時期を外の世界で暮らして、得難い経験をしたと思う。

いつしか、親は自分を生かそうとして、千光寺の前に捨てたのだと思えるようになっていた。

このまま自分の手元においていても、早晩、食べ物が尽き、この子は死んでしまう。寺の前に置いておけば、誰か奇特な人が自分たちに代わって育ててくれるのではないか。この子に食べさせてくれるのではないか。

そんな一縷《いちる》の望みを託して、赤ん坊だったしほを手放したのではないか。

その思いを受け取り、育ててくれたのが、恵桂尼だったのだ、と。

恵桂尼は食べることが大好きな人だった。思慮深く、でもさばけたところもあって、よく笑うほがらかな人でもあった。

やはり尼になろうと決意し、しほは二十歳で庵に戻った。恵桂尼の手伝いをしながら、裏庭に小さな薬園を作り、三年後、二十三歳で髪をおろし、慈恵尼と名を変えた。

恵桂尼が亡くなったのはその二年後である。恵桂尼は四十九歳になっていた。

悩みや悲しみを抱える女たちの話を慈恵尼が聞くようになったのは、それからだ。

訪ねてくる女たちが次第に増え、五のつく日に、会を開くようになって十年近くになる。

定期的に女たちの会を催すと決めた時、慈恵尼は常念寺《じょうねんじ》の住職・円光和尚《えんこうおしょう》に相談した。

常念寺は千光寺の本寺で、代々、千光寺の尼は、常念寺の檀家の月参りや、葬儀や法要を手伝っている。円光和尚は千光寺の後ろ盾でもあった。

「それは結構なことですな。浄土宗のご本尊阿弥陀如来は、大きな耳朶《じだ》をなさっているでしょう。それはどんな小さな声も、か弱い声も聞き逃さないためなんだそうですよ。檀家さんたちにも、千光寺でそうした会が催されていると、伝えておきますよ。恵桂尼さんも、喜びなさるでしょう。迷える人の力になりたいというのが口癖だったから」

円光和尚はそういって、快く許してくれたのだった。

その晩、寝床の中で、恵桂尼のことを懐かしく思い出したのは、恵桂尼が好きだった菜の花が晩のお膳に並んだせいかもしれない。

土手に蕾《つぼみ》をつけた菜の花を見つけると走り出すほど、恵桂尼は菜の花が好物だった。

――蕾がぎゅっと締まっているものがおいしいの。おひたしによし、炒めてよし、汁物に入れてよし。さっと湯通しして、鷹《たか》の爪をちょっといれた塩水にひたしておけば浅漬けになる。天ぷらにすればご馳走よ。菜の花を食べると、春が来たって思うの。菜の花は春を運んでくれる嬉しい花なのよ。

目を閉じると、一面の菜の花の中に立つ恵桂尼の姿が浮かんだ。恵桂尼は穏やかに笑っている。

「おっかさま」と恵桂尼を呼ぶ幼い自分の声が聞こえた気がした。

四

その朝のお勤めを終えると、慈恵尼と和清尼は墨染の法衣から作務衣《さむえ》に着替えた。

――そろそろ食べごろのようで。

昨夕、下男の与平が「顔をだしてましたよ」と頬をほころばせたからだ。筍の季節の到来である。

千光寺は小高い丘の中腹にあり、裏の薬園の奥の斜面には竹林が広がっていてこの時期、筍が採れた。

「楽しみですね」

背負い籠を手にした慈恵尼に、鍬を手にした和清尼がいった。

「五本は掘りたいわね。いや七本？」

「刻みますね。どんと十本、どうですか」

普段の不愛想さはどこへやら、筍好きの和清尼の声が弾んでいる。

「ごめんください」

本堂のほうで声がした。ふたりは「あら」と顔を見合わせた。来客なら筍掘りはお預けになる。ふたりは籠をかついだまま、勝手口をでて本堂に向かった。

先日の会に来ていたはるが本堂の前に立っていた。作務衣を着て、籠をかついだ尼たちを見て、目を見張った。

「失礼しました。お忙しいときに……また出直します」

「かまいませんのよ。どうぞ、あがってくださいな」

踵《きびす》をかえそうとしたはるを、慈恵尼は慌てて止め、よいしょと背中から籠をおろした。

「よろしいんですか。あの、その籠に何を……」

「筍を掘りに行こうと思っていたんです。そうだ。おはるさん、もしお時間がおありでしたら、一緒に筍掘りに行きませんか。すぐそこに竹林があるんです。お話はそのあとで。おみやげに、筍をお持ち帰りいただけますし」

はるはちょっとためらった後、うなずいた。察しよく、和清尼が持ってきた藁草履と前掛けを身に着け、庭をはいていた与平に見送られながら、三人は裏に回った。

千光寺の丘は春の盛りだった。

たんぽぽやすみれが咲き、木々は淡い緑の、あるいは紅色がかった新芽の、もこもことした雲に包まれている。ぴーちぷぴーちぷというひばりの澄んだ鳴き声が水色の空に消えていく。

道々も、慈恵尼と和清尼は、摘み草に余念がない。

「そこにヨモギ」

「あそこにスベリヒユがあります」

いざ竹林につくと、慈恵尼と和清尼は籠をおろし、地面を一心に見つめ、筍を探しはじめた。

頭がちょんと出ているくらいの筍がやはり柔らかくて、あくが少なく、味がいい。

「ありました。あ、そっちにも」

足元で土の様子を探りながら、目を皿にして歩き回っていた和清尼の声が竹林の奥から聞こえてきて、慈恵尼とはるは駆け寄った。

尼ふたりはそれぞれ新芽のそばにかがむと、そのまわりを慎重に掘りはじめた。土が硬いところにつきあたると、鍬に持ち替えて、さらに掘り、ひと思いに地下茎と切り離す。こうして小ぶりな筍を十本ばかり収穫した時にはふたりはもちろん、途中から手伝いに入ったはるも汗ばんでいた。

帰りの籠は重くなったが、美味しいものがどっさり入っていると思うと、慈恵尼の足取りも軽い。自分は本当に食いしん坊だと今さらながら思った。

筍一本は焼き筍にすると、慈恵尼は決めていた。

薬園の入口のところに、落ち葉などを炊く場所がある。そこに少しくぼみをつくり、落ち葉をふっくらと盛り、薪《たきぎ》を組み、火をつけた。

薪の火が落ち着いたところで、筍を一本、手に取った。頭を切り落とし、皮がついたまま縦に切り込みを入れ、濡らした紙で包んだ筍をくぼみにおき、その上に落ち葉の灰、赤く光る薪を重ねる。こうして熾火《おきび》でじっくり蒸すように火を通すのだ。

「おはるさん、この焼き筍を見ていてもらえますか」

慈恵尼がすることをぼんやりと見ていたはるは、驚いた顔で見返した。

「えっ？　私が？　私、外で焼き筍なんて一度も」

「筍を火ばさみでときどきひっくり返せばいいだけなんです。半刻（一時間）もすればすっかり焼きあがりますから」

　はるは一瞬、迷惑そうな顔をしたが、慈恵尼はその場をあとにし、筍のあく抜きにとりかかった。一方、和清尼は筍を五本、籠に入れ、常念寺に届けるといって石段を下っていく。

　とんだことになったと思いつつ、はるは近くの石に腰をおろし、筍を見つめていた。やがて筍を包んでいた紙は燃えおち、皮はまっ黒になった。焦げていないか不安になる。だがなかなか慈恵尼は戻ってこない。ようやくやってきた慈恵尼は筍に耳を澄ました。

「ぐつぐついっている……おはるさん、ちょっと聞いてみて」

　するとはるの耳にも、筍から煮立っているような音がかすかに聞こえた。

「もう食べてもいいですよって、筍が教えてくれるんですよ」

　慈恵尼はほほ笑み、火ばさみで筍を台十能《だいじゅうのう》に移した。台十能は火のついた炭を運ぶ鍋のようなものだ。

「おはるさんも、こちらにどうぞ」

　焼き筍を入れた台十能を持ち、勝手口から庫裡に入ると、羽釜からは湯気があがっていた。大鍋にはあく抜き中の筍が入っている。糠《ぬか》を入れた湯で柔らかくなるまで茹で、そのまま冷やすと、えぐみが抜ける。

はるは炭のように真っ黒になった焼き筍を心配そうに見た。

「……中まで炭になってないですよね」

「大丈夫ですよ。少し冷まさないと。それまでどうぞ休んでくださいな」

慈恵尼は湯呑に薬缶からぬるめのお茶を注ぎ、はるに差し出した。はるは一気に飲んだ。喉が渇いていたらしい。

「甘いお茶ですね。ほうじ茶のような、ちょっと違うけど」

はるがほほ笑むと、左目の下のほくろが揺らいだ。姑からさんざんあげつらわれたほくろだ。家という逃れようのない場所で、見た目で見下され、冷たい扱いを受け続けた。救いの手はどこからも差し伸べられなかった。

だがこうして改めてはるの顔を見ても、はるはいやな顔をしてはいない。肌はきれいだし、笑顔は感じがいい。ほくろだって、むしろ顔を魅力的に見せている。

受け答えもしっかりしているし、陰にこもったところもない。人への配慮も怠《おこた》りないように見える。

なぜ姑ははるに嫌がらせを続け、亭主はそれに見て見ぬふりをしたのだろう。はるの若さに嫉妬したのか。息子を嫁に渡したくなかったからか。家に主婦は二人立たないということなのか。

亭主にしても、なぜそんなにつらくあたったのか。もしかしたら、所帯を持った時にはすでに、亭主には好きな女が他にいたのだろうか。それとも母親っ子で、女房よりも母親に味方したかったのだろうか。ほかに何か屈託《くったく》を抱えていて、恰好の相手とばかり、はるに八つ当たりしたのだろうか。あるいは、なかなか心を開かないはるにいらついて、怒りをぶつけていたのだろうか。

慈恵尼がそんなことにつらつらと思いを巡らせながらもう一杯、お茶を注ぐと、はるはまたごくりと飲んだ。

「お気に召したみたいで。これ、びわの葉茶なんですよ」

「びわの葉って……あの大きく分厚い葉ですか」

「葉を天日に干して、砕いたものを煎じているんです。飲み慣れると案外、おいしいでしょう。……お疲れじゃありませんか？　竹林を引きまわして、焼き筍の番までお願いしてしまって」

「いえ、思いのほか、楽しかったです」

「そろそろ焼き筍、開けてみましょうか」

慈恵尼は焼き筍の縦の切れ目に指をいれた。「あつ、あつっ」とつぶやきながら、するりと皮をむく。ほやほやとゆげがあがり、甘く香ばしいにおいが広がり、熱が通って黄味がかった筍があらわれた。

慈恵尼は縦半分に切り、薄切りにしたものを口にふくんだ。

うんとうなずく。香ばしく甘い。筍ならではの、そりそりという歯ごたえも心地よい。

慈恵尼は、はるにも、常念寺から戻ってきた和清尼の口にも「はい」と薄切りを入れてやった。

焼き筍の半分は細切りにした。細い短冊切りにした油揚げと一緒にさっと煮て、おひつにあけた炊き立てのご飯にさっくり混ぜる。筍ご飯だ。

もう半分はひと口に切り、そのまま皿にもりつける。

和清尼は、道中に慈恵尼が摘んだ野草を手慣れた様子で天ぷらにしていた。ヨモギ、オニタビラコ、ムラサキカタバミ……。

こうしてお膳に、筍ご飯、天ぷら、焼き筍、わかめの味噌汁、沢庵と菜の花の浅漬けが並んだ。

こんなにいただけるかしらといっていたはるも、旺盛な食欲で、すべて平らげた。中でも、筍ご飯と、衣を通してきれいな薄紫が透けて見えるムラサキカタバミの天ぷらが、気に入ったようだった。

後片付けをすませると、慈恵尼は、はるを本堂にいざなった。外陣に座り、お茶を飲む。

「鳥の声や風の音を聞き、草を摘み……久しぶりに山を歩きました。……さっきまで土の中にいた筍があっという間に、お膳にならんで。雑草としてみなが顧《かえり》みもしない野草が実はとてもきれいで、目も舌もおなかも楽しませてくれるものだということにも、驚きました。こんな風に食べ物と向き合ったのは……はじめてかもしれません」

はるがしみじみという。慈恵尼はびわの葉茶を口に含み、うなずく。

「畑で育てられた野菜も、野に生えている草も筍もみな、お天道様や雨、風に育てられたもの。ありがたいですよね。おはるさんは、おさんどんは？」

「昔はやっておりました。今は女中に指図するだけですけど」

家には息子、はる、それに女中三人、別棟には奉公人が七人住んでいるという。

「十二人の食事を毎回用意するとなると、ひと仕事ですね」

「たいしたものを作っているわけじゃないんです。朝はご飯に納豆、味噌汁に香の物。昼はうどんやにぎりめし、夕餉《ゆうげ》にはたまに魚をつけるくらいで」

「みなさん、ご飯を楽しみになさってるでしょう」

はるは、しばらく黙りこみ、やがてぽつりといった。

「ご飯が楽しみだなんてこと、今の今まで、すっかり忘れてました」

開け放した戸口から風が入ってきた。はるは外に目をやり、まばたきを繰り返した。

「いい風ですね」

慈恵尼が目を細めた。春ののどかな昼下がりである。

「長々とお邪魔してしまいました。そろそろ失礼します」

「お話、まだ聞いておりませんのに」

「いいえ。お昼をすっかりご馳走になってしまって」

立ち上がって、はるは勝手口にさっさと歩いていく。

「お荷物になりますが、お土産に筍をお持ちください。和清尼が下までご一緒しますので」

履物をはいたはるに、慈恵尼はいった。和清尼は筍を包んだ風呂敷を抱えている。

「たくさんいただきました上に、そんな結構ですよ」

「そうおっしゃらずに。筍掘りのお手伝いをさせてしまったんですから」

はるを見送りながら、慈恵尼は小さくため息をついた。はるは一度、硬い心の扉を開きかけたような気がした。だがまた、すっとそれは閉じてしまったようだった。

「御足労をおかけして申し訳ありません」

長い階段を下りながらはるは、後ろを歩く和清尼にいった。

「いえ」

あとに続いた沈黙に耐えきれず、はるがまた和清尼に話しかける。

「庵主さんは赤ん坊の頃からあそこにお住まいだって聞きましたけど。そちらさまも、長くあの庵にお住まいなんですか」

「いえ」

「ご実家もお寺だとか？」

「いえ」

「でもないのに、尼さんになるなんて……何か相当なことがあったんでしょうねえ。そうでもなければ思いきれませんよね」

はるがそういったとたん、和清尼の表情が硬くなった。はるは言い過ぎたと、はっとして、話を変える。

「本当にのどかなところですよね。ご飯の支度にあんなに時間をかけるなんて」

「料理をすることも食べることも修行だと、庵主は申しております」

「それが修行なら、してみたい人は大勢いるでしょうね。ずっとあくせく生きてきた者からしたら、うらやましい限りですよ」

はるの口調の中にわずかな棘《とげ》がひそんでいた。その気持ちが和清尼は手にとるようにわかった。

はじめて慈恵尼に会ったとき、尼といっても、こんなのんきな暮らしをしている人に、自分の苦しみや悲しみがわかるはずがないと和清尼も思った。

和清尼は当時、久代《ひさよ》という名で、十八歳だった。あの頃の自分には、千光寺に流れる穏やかなときも、明るい光も、慈恵尼の笑顔もまぶしすぎた。

はるもそう感じたのかもしれなかった。


「風呂敷はいつでもかまいませんので」

ぼそっといって、筍が入った風呂敷包みを手渡した和清尼を、はるは改めて見た。

並の男より背が高い。手も足も長く、不恰好なほどだ。

春の陽だまりのような笑顔の慈恵尼とは、顔立ちも大違いだ。まぶたの厚い細い目に、薄い唇。にこりともせず、のっそりと立っている。風呂敷を差し出した白い手もがっちりと大きかった。

ひとりで帰路をたどりながら、はるは心の中でつぶやく。二十代半ばだろうか。和清尼は、なんの因果があって、あたら若い身で尼になんかなったのだ。いずれにしてもよほどの変わり者だ。

それにしてもこの包み……正直、有難迷惑だと憂鬱《ゆううつ》になる。筍は美味しかったが、あく抜きは手間がかかるし、続けて食べたいとまで思わない。

借りた風呂敷を借りっぱなしにもできない。近々、返しに行かなくてはならないではないか。また来いといっているのだろうか。

本堂の外陣で慈恵尼と相対しているとき、はるは思いがけず自分の心が柔らかくなっていることに気づき、我ながら驚いた。外を歩き、筍を採り、焼き、食し、そのどれもが、心に染み入るようなことだったからだろう。

だが、あそこで風が頬をなで、「いい風ですね」と慈恵尼がいった瞬間、浮かれた気分がすっと吹き飛んだ。

こんなうららかな暮らしをしている尼に、自分の気持ちがわかるもんか。わかるはずがない。あくせく働かされ、いたぶられ……自分でもよく生き抜いたと感心しているのだ。ぐさぐさと刃で突かれて、ささくれてしまった心の傷は、今も血を流し続けている。

突然、猛烈に怒りがこみ上げ、このままここに居続けたら、何を口走るかわからないと、あわてて帰ってきたのだった。

はるが千光寺を訪ねて行ったのは、家に出入りしている庭師のじいさんのせいだった。

――おはるさん、ずっと家にばかりいたら、お尻に根っこが生えちまうぜ。

――富市《とみいち》さんったら、意地悪なことといって。もうとっくに立派なもんが生えちまってますよ。

富市ははるの幼馴染で、同年配である。今も、高輪《たかなわ》にあるはるの実家の近くに住んで、御贔屓《ごひいき》の庭を飛び回っていた。

姑が逝き、亭主が倒れた十三年ほど前に、これまでの庭師から富市に替えたのだ。前の庭師は、姑の顔色ばかり見ていて、嫁のはるには挨拶もおざなりで、まったく遠慮がなかった。そこにはるがいても、まるで誰もいないかのようにふるまった。そうすれば姑の機嫌がいいと知ってのことである。出入りの者や奉公人はすぐに、家の中の力関係を見抜き、強い者につく。

――もったいないねえ、おはるさん。今がいいときだってのに。頼りがいのある息子に恵まれて、店も繁盛して安泰。たまには贅沢して芝居を見にいっても、ばちは当たらねえ。うらやましい身分だよ。

――うらやましいだなんて、隣の花は赤いってもんですよ。……芝居ねぇ。娘時代に一度、親に連れて行ってもらったきりだよ。こっからじゃ、泊りがけになっちまう。一緒に行く人もいないしさ。

――隠居仲間がいるだろ。

――長く、女中より働かされたからね。付き合いってもんが一切、ないんだよ。

――じゃ、友だちをつくるところから始めなきゃな。

――この年で友だちも何もないもんだ。老い先短いのに。

――老い先短いからこそ、友だちがいるんだよ。いつどうなるかわからないから、今、やりたいことをやるんだよ。

――自分は働きっぱなしのくせに。

――おれは働けるうちは働く。働きたいんだ、この仕事が好きだからな。……そうそう、知ってるかい？　目黒不動尊の近くにある尼寺に、女たちが集まる日があるんだと。

――尼寺に？

――確か、五のつく日だ。

——尼寺で何をするの？　写経？　座禅？　辛気臭いことは御免だよ。

——くっちゃべって飯を食うんだとさ。尼さんが料理上手だと評判なんだ。

——お布施、たんまりとられるんじゃないの？

——お志《こころざし》は、なんでもいいってさ。ナスやカボチャでも。

それから富市は、尼寺への行き方を教えてくれたのだ。

ふと、尼寺に行ってみようと思ったのは、しなくてはならないことがなく、日がな一日隠居所で過ごし、天と地の真ん中で、宙ぶらりんになっているような日が続いていたからかもしれない。

——おかみさん、どちらへ。

——ちょっと目黒まで。

——あら、不動尊においでになるんですか。

——ちょいとお参りにね。

尼寺に行くなんていったら、どうしてだの、なんだのかんだのと、女中に詮索《せんさく》される。目黒といえば不動尊だ。はるはとっさにうなずいた。今日もそうした。

——この間もいらしたばかりなのに、またいらっしゃるんですか。

——お参りしたら調子がいいから、お天気もいいし。

——いってらっしゃいませ。歩くのは体にいいそうですよ。老いは足からといいますものね。

女中はあっけらかんといった。この女中は働き者だが、かつて「ここのおかみさんみたいな目にあうくらいなら、女中のほうがずんとまし」と井戸端で話しているのを聞いたことがある。

姑が元気な時は姑にすりよっていたが、代替わりすると、はるの鼻息をうかがうようになった調子のいい女だった。たまに馴《な》れ馴れしい口をきくのは、はるのことを長く侮《あなど》っていたからだろう。そう感じる自分が根性曲がりなのだろうか。

帰宅すると、女中はお遣いに行ったのか、台所には誰もいなかった。

はるは、風呂敷包みをほどいた。朝、慈恵尼たちと掘り上げた筍が一本と、ご丁寧に小さな紙袋に糠と鷹の爪が添えられていた。

筍は時をおけばえぐみが強くなる。さっさとあく抜きをしなくてはならないが、しかたがない。女中の帰りを待とうと思いかけたとき、焚火《たきび》の熾火で筍を焼いていた時のことを思い出した。

筍の焼き加減を見ていてくれと慈恵尼にいわれたときは、なんで自分がと、むっとした。そんなことをするために、わざわざ寺まで行ったわけではなかったから。

だが傍らの石に腰をかけ、火を見続けるうちに気持ちが変わった。

一時もとどまらず、小さな炎がゆらゆら揺らめいていた。赤、白、黄……色だけでなく炎の形も変化する。ぴちぴち、ぱちぱち薪が爆《は》ぜる音がした。吹き渡る風の音が聞こえた。小鳥の声が空に広がっていた。

炎がおさまると、風にあたるたびにきらきらと光る熾火から目を離すことができなくなった。明るくなったり暗くなったり。まるで息をしているかのようだった。

甘い筍の匂いがしてきた頃には、ささくれ、荒れていた気持ちが不思議なくらい鎮まっていた。心が軽くなっていた。

ただ、焼き筍を作っていただけなのに。

はるは鍋に筍をいれると、ひたひたになるまで水を加え、糠と鷹の爪を振り入れた。竈《かまど》に鍋をかけ、ふいごで風を送り、火を起こす。やがて鍋はぐつぐついいはじめた。吹きこぼれないように気をつけながら、はるは筍が柔らかくなるまで、ただ竈の炎を見続けた。

五

はるが風呂敷を返しに行ったのは、三日後の良く晴れた早朝だった。その日も、慈恵尼は籠を背負って出かけるところだった。

「おかげさまで筍を美味しくいただきました。風呂敷をお借りしっぱなしにしてしまって」

「まあ、火熨斗《ひのし》まであててくださって。ご家族が多いから筍一本じゃ、足りなかったんじゃありません？　あとでもう一本、差し上げればよかったと思ったんです。気が利かなくて」

「いえいえ。十分堪能いたしました。油揚げと煮て、夜も筍ご飯を食べたんです。みな、初物だと喜んでくれましたよ」

「……おはるさんが作られたんですか？」

「ええ。久しぶりに竈の前に立ちました」

「それはそれは」

「それでは」

帰りかけたはるを、慈恵尼が止め、今からこのあたりを一巡するのだが、一緒に行かないかといった。

「また筍を掘りに?」

「筍は昨日のうちにあく抜きをすませているので今日は掘りません。摘み草に行くんです。今日は、精進《しょうじん》料理を食べにいらっしゃる方があって。よかったらおはるさん、手伝っていただけません?」

一緒に行くとはるがいってしまったのは、慈恵尼の屈託のない笑顔のせいかもしれない。はるよりも年上なのに、少女のような目をして、いかにもおもしろいことをするような表情で誘うものだから、思わずうなずいてしまった。

また慈恵尼にのせられたと思わぬこともなかったが、前回同様、借りた前掛けをしめ、藁草履をはき、はるは慈恵尼に続いて外に出た。

日差しの明るい、あたたかな日だった。薄い真綿のような雲が水色の空にたなびいている。

慈恵尼は、千光寺を出ると、雑木林が広がる丘の頂のほうに足を向けた。人がひとり通れるかどうかという細い獣道《けものみち》を足取り軽く登っていく。

「あ、ワラビ。おはるさんの足元にも」

道のすぐ近くの、薄日のさすところに、ワラビがいくつも顔を出していた。くるんと拳のようになっている先端が可愛らしい。

「採るんですか」

「せっかく生えているんだもの。いただいていきましょう。あく抜きに一日かかるので、このワラビは今日は食べられませんけどね」

慈恵尼は腰をかがめ、手でぽきんぽきんと折っていく。はるもそれに倣《なら》った。だが、慈恵尼にそこにあるといわれないと、はるは自分ではなかなかワラビを見つけられない。

「庵主さまのような目があればいいのに。やっぱり、慣れない者はだめですね」

「コツをお教えしましょうか。ワラビは成長するとシダのような葉を伸ばすんです。羽のような三角形の大きな葉っぱ。二尺（約六〇センチ）から三尺（約九〇センチ）もの長さにもなるんですよ。立ち枯れたワラビのガラを探し、そのまわりをよ～く見るんです」

「ガラって……これですか」

はるは、立ち枯れた大きな葉を指さす。

「そう」

「ああ、あった。いっぱい生えている」

はるの目が輝いた。わさわさとした茶色の葉の根元にワラビが芽を出していた。はるは腰をかがめ、手を伸ばし、ぽきんぽきんと折っていく。

「おはるさん、ワラビはおまかせしますね。目に入るものは全部採ってください。ワラビは、すっかり採り尽くしたと思っても、三日もたてばまた元通り。採れば採るほど生えてくるんです」

夢中でワラビを手折りはじめたはるから離れ、慈恵尼は、ウコギやコシアブラを探しに向かった。

とげも苦みも少ない、柔らかなヒメウコギの木が生えている場所を慈恵尼は覚えていた。

ウコギの若芽を摘み終えると、慈恵尼はコシアブラにとりかかった。新芽の葉がばらばらにならないように、若芽の付け根からハカマごと、慎重にもぎ取る。コシアブラは、青臭く頭がすーっとするような香りがした。

この間に、はるは夢中で何十本ものワラビを採っていた。手が抜けず、好きなことには一心不乱になる性分なのかもしれない。

丘を下って千光寺に戻ると、ワラビ、ウコギ、コシアブラを、慈恵尼は井戸端で丁寧に洗った。ワラビは灰を一つまみ入れた鍋にいれ、沸騰させたお湯を注ぎ、蓋をして、あく抜きをする。

「こんなにたくさんのワラビ、どうするんです？　一束で十人は、おなかいっぱい食べられますよ」

「今日のものは干しワラビにいたします。そうしておけば、水で戻していつでもワラビが食べられますから」

あく抜きをすませたら、明日からざるや茣蓙《ござ》に広げて天日干しにすると慈恵尼はいった。ときどきワラビを手で揉んでやりながら、カラカラになるまで干せば一年中ワラビが食べられるから、と嬉しそうに。

「でも、生のワラビは、今しか食べられないでしょ。ほら」

慈恵尼は、別鍋を取り出してはるに中を見せた。水にワラビがひたしてあった。昨日摘んで、あく抜きをすませたものだという。

「……まさか庵主さま、毎日、ワラビを採っているんですか」

「そこにワラビがあれば。時がありさえすれば、籠を背負って、野に出ていますの」

慈恵尼は、あく抜きしたワラビを切り分け、茎の部分を包丁の背で軽く叩き、醤油、酢、砂糖を混ぜたたれで和えた。

和清尼は筍ご飯にとりかかっている。

「おはるさん、胡麻をすってもらえます?」

小さなすり鉢と炒り胡麻を、慈恵尼ははるに渡した。

胡麻がとろとろになると、慈恵尼はいった。

「この醤油と砂糖を加えてくださいな」

こうして胡麻だれができあがったすり鉢に、沸騰した湯にくぐらせて、鮮やかな緑色に変わったウコギを思い切りよく投入する。ウコギの胡麻和えの出来上がりだ。

「おはるさん、次にこれ、お願いできますか?」

慈恵尼がはるに手渡したのは筍ご飯に使わなかった、筍の根元の部分だった。

「ここも食べるんですか」

ごりごりと硬く、捨てるしかないところだ。

「ええ。もったいないでしょう。工夫すればおいしくいただけるんですよ。まず、おろしがねですりおろし、すり鉢ですってなめらかにするんです」

「はあ」

いったい何を作るのかわからぬまま、はるは、おろしがねですりおろし、いわれるままずり鉢で丹念にすった。慈恵尼はそれを鍋に移し、酒、みりん、塩で調味して火にかけた。それから、戻した寒天を溶かし、水で濡らした型枠に、慎重に流しこむ。

小鍋には、おろししょうがと塩と葛《くず》を合わせた銀あんができていた。

「この筍豆腐に、この銀あんが合うんですよ」

すりおろした筍を固めたものを筍豆腐と呼ぶらしい。

和清尼は、筍ご飯を作り終えると、コシアブラを手に取り、根元についていた逆三角形のハカマを取り除いた。

「こちらはどうなさるの？」

「天ぷらにします」

和清尼がぼそっと答える。

「ずいぶんなごちそうですね」

慈恵尼が笑顔でうなずく。

「毎月、精進料理を食べにいらっしゃる、女ばかり五人のお客さんでね」

「お寺なのに、料理屋みたいですこと」

「田舎料理に毛が生えたようなものですけれど、頼まれれば仕出しもやっております。仏教の教えに、草木国土みな仏という言葉がありましてね。精進料理を味わって、食は仏の命をいただくものだと感じていただければいいなと、はじめたことなんです。

もちろん、お代はちゃんと頂戴するんですけどね」

慈恵尼は、くすっと笑って肩をすくめていう。

「今日のお客さんのおひとりとは、長いお付き合いなんですよ」

「そうなんですか」

「料理屋の女将《おかみ》さんで、珍しい料理や無駄のない食べ方を、ときどき教えてくださるんです。この筍豆腐もその方から教えていただいたの」

慈恵尼は、小鉢に筍豆腐を盛りつけながらいった。

そのとき、「ごめんください」とおとないを入れる声が本堂から聞こえた。「いらしたわ」と慈恵尼は前掛けをはずす。

「おはるさんもこちらにどうぞ」

一瞬躊躇《ちゅうちょ》したが、はるは墨染姿の慈恵尼のあとに続いた。尼寺に毎月集う料理屋の女将とその仲間が少しばかり、気になったのかもしれない。はるには一緒に食事に行く友だちなどひとりもいない。

上等な着物に身を包み、髪をきれいに結いあげた五人の女たちだった。

外陣にあがると、すぐに、食事が運ばれた。お膳には、筍ご飯、筍とわかめの味噌汁、ウコギの胡麻和え、筍豆腐、ワラビのおひたし、コシアブラの天ぷらが並ぶ。

促されるまま、はるも慈恵尼と和清尼の隣でお膳を囲んだ。

和やかに会食がはじまった。

「こちらでみなさんの顔を見ながら食事をいただくと、寿命がのびるような気がするんですよね、お佐和《さわ》さん」

「そうそう。少し、若返る気がね」

そういってふふっと笑った佐和が、料理屋の女将だと、はるはすぐに見てとった。堂々として、人の気をそらさず、みなのまとめ役のようだ。

「私、ウコギのほろ苦さが、好きなの」

「このコシアブラ、おいしい」

「ふっくらして、香りも上等。口の中に山の風がふき渡るみたい」

春を封じ込めたようなお膳である。

知らない人と話をすることなどまっ平ごめんで、ましてや一緒にご飯を食べるなどあることではないのに、知らぬ間に引っ張りだされてしまったと、慈恵尼を恨むような気持ちでいたはるも、食事をとっているうちに背筋がのびる気がした。どれも新鮮で薫り高く、気持ちまでしゃっきりとしてくる。

「春の野、そのものを味わっているみたい」

「さすがいいこと、おっしゃる。そこで一句、いかが？」

「私のへぼ俳句など出る幕がありませんわ」

「俳句を続けているなんて、えらいわよ。三年になる？」

「四年目。点数をもらえないこともしょっちゅうよ。でも吟行《ぎんこう》が楽しみで。いろいろなところに行けるでしょ。それで続いているようなものね」

集まっている女たちは、みな、はると同年代だった。

憂いなく、幸せそうだと思ったとたん、またはるの心の傷のかさぶたがはがれかけた。自分とこの女たちとは違う。苦労を知らずに生きて来たに違いない。

知らぬ人に悋気をしてどうなるというのだと思っても、はるの気持ちはがさつき、ささくれだっていく。

「こちらは？」

佐和がはるを見た。

「おはるさんです。今日、たまたまいらしたので、摘み草のお手伝いをしていただいたんですよ」

「まあ、それはお手数をおかけしました」

「お初にお目にかかります。どうぞよろしくお願いします」

　自分が話題になるのはいやだと思いつつ、はるは軽く頭をさげた。

　それから五人の女は、嫁の気がきかないだの、今の時代に生まれれば楽ができたのに姑で苦労させられただの、お定まりの嫁姑の話になった。ありふれた愚痴だが、不思議と陰にこもらず、からっとしていた。

「庵主さま、人の煩悩《ぼんのう》は百八つもあるんですよね。だから、文句も出るのかしら」

「煩悩からは、なかなか逃れることができるものではありません。でもがっかりすることはないんです。煩悩を受け入れることで初めて真の悟りに近づくことができるというのがお釈迦《しゃか》様の教えですから。お釈迦様もそうだったそうですよ」

「そうだったたって……お釈迦様にも煩悩があったんですか」

「ええ。とても悩んでいらしたそうなんです。悩んで悩んで、その末に生まれたのが仏教だと伝えられています」

「あらま」

「悩みがあったから救いの教えが生まれた。だから、悩みがある人こそ、救われると。……まずは自分には悩みがあると認めることが、大事のようです。こんな欲や思いがあるとわかっていれば、自制がきくこともありますよね。わかっていても、うまくいかないときだってありますでしょうけど」

「なるほどねぇ」

「もうちょっと可愛げのある嫁であってほしかったというのは欲？」

「欲よ。なんとかならないかと思っているんだから。とすると、姑があんなんじゃなかったらよかったというのも欲？」

「ということになるわね。でも、うちの亭主があれほど女好きじゃなかったらというのは、欲じゃないわよね」

「それは欲じゃないってことにしていいわ。度を越してるから」

「きれいでいたいってのも、ちょっと贅沢したいってのも、うんと長生きしたいってのも欲よね……」

「それは欲。強欲！」

「だったら、私たち、欲まみれじゃない」

「庵主さま、おいしいものを食べたいというのも欲ですよね」

「それをいわれると、私も煩悩の塊ですわ」

慈恵尼も女たちと一緒に声をあげ笑った。

はるは、自分はそんな風にあっけらかんと笑い合えないと、そっと眉をひそめた。

日に日に、ある屈託が深くなっている。

来月、息子が嫁をとる。嫁となるのは、隣町の小間物屋の十八歳の娘だ。気立てがよく、働き者と評判もよく、器量も悪くない。

その娘が嫁に来れば、はるは姑になる。

自分が姑になったら……自分も嫁をいびってしまうのではないか。姑が自分の泣きぼくろをあげつらったように、嫁に難癖をつけたくなるのではないか。

そう思うのは、あのころ姑の尻馬に乗って自分をないがしろにした女中たちに、仕返ししてやりたくてたまらなくなるときがあるからだ。

はるが、されたことを忘れたふりをしているのをいいことに、女中たちは姑の尻馬に乗った過去をなかったことにしていた。その女中たちのとくとくとした顔を見ると、おまえがしたことを私は決して忘れていないよと匂わせて、叱り飛ばしたくなる。

女中に対してもそうなのだ。嫁のくせにのうのうとしていれば、自分だけが大損した気がして、やっていられない気持ちになるのではないか。

息子は幼い頃から、亭主からは望むべくもない愛情や優しさを、母親である自分にたっぷり注いでくれた。その息子が、嫁に優しくするのを想像するだけで、はるは、耐えられない気持ちにもなる。

嫁にやきもち？

そうなのかもしれない。はるが壮絶な日々を生き抜いてきたのは、子どもたちが可愛いかったから。子どもたちが誰より自分を求めてくれたからだった。

万が一自分が嫁をいびったら、息子はどうするだろう。はるに味方してくれるだろうか。

いや、息子は母親べったりだった亭主とは違う。

嫁の肩をもち、結局、自分ひとりが孤立することになるだろう。

姑のいいなりだった亭主が、そもそも苦しみの根源だったのか。それとも亭主をそんな息子に育てた姑がやっぱり悪いのか。

息子の嫁取りのことを考えると、胸がざわめき、はるの心は不安で真っ暗になってしまうのだ。

「私たちも相当姑にやられましたけれど、母が嫁いだころは大姑様たちが元気で、もっと苦労したそうですよ。母から私、ずいぶんくどかれました」

「大叔母は姑から箒《ほうき》で殴りつけられたことがあるって」

「まあ、怖い」

「嫁入り道具が粗末だと、姑にいわれて、泣いたって話も聞きました」

女たちは顔を見合わせ、たまらないとばかり首を横に振る。

「姑の常識は嫁の我慢ってことですね」

「言い得て妙だこと。でも今は嫁が強くなりましたからねぇ。姑と嫁の間で息子に辛い思いをさせられないと、私は嫁にいいたいこともいわず、ぐっとこらえているんですよ」

「私たちがいちばん損をしてますよ」

「大損です」

これが本当なら、ここにいるのはみんな賢い姑たちだと、はるは心の中でつぶやいた。

この女たちも姑にいびられたことがなかったわけではない。でも、自分は息子夫婦に波風が立つような嫁いじめはしないと、いえるのだから。

それがいちばんなのだと、はるもわかっている。そうしようとも思っている。あんな姑には絶対にならないと思っていた姑と同列になりたくない。

でもそうできるか自信がない。自分が受けた苦しみや悔しさをどうして鎮めればいいのかも、わからないままだ。

「ご苦労の種だった方を許しているのですね、みなさま」

慈恵尼がそういうと、女たちは顔を見合わせた。

「許してる?」

「まあ、そういうことになるかしら」

「どうして許せたんですか?」

思わず口にしたはるに、みなの視線が集まった。しまったとはるは唇を噛《か》んだ。女たちの話に、割り込むべきではなかった。

だが女たちは、はるを咎《とが》めたりしなかった。

「もしかして、そちらさまもご苦労なさった口?」

佐和がはるの話を促すようにいった。

「ええ。すみません、つい。口を挟《はさ》んでしまって」

「かまいませんよ。……どうして許せたのかって……」

佐和は他の女たちを見回した。みな首をかしげる。佐和ははるに目を戻した。

「おはるさんはもしかして、許せずにいる?」

佐和の声は柔らかかった。

「私は……頭ではわかっているんです。姑も亭主も死んでしまったのだから。終わったのだ、と……」

「お姑さんとご亭主、亡くなったの?」

「それはそれはご愁傷様《しゅうしょうさま》でしたねえ」

「いなくなっても、恨みはなかなか消えるもんじゃありませんよ。……私も長いこと、かかりました。それまではずっとつらかった。私は、この人たちに亭主と姑の悪口をさんざんいって。いい飽きるまでいいまくって」

小太りの女がそういうと、みながうなずいた。

「はい。耳にタコができるくらい。おみよさんから聞かされました」

「その節はお世話になりました」

「お互い様ですけどね」

「でも縁を切って、すっきりしました」

「縁を切った？」

はるは、みよと呼ばれた小太りの女を見た。

「切ったんですよ。死んだ人と縁きりなんて聞いたことないでしょ。でもそうするって決めましてね。今では仏様のことはお茶やご飯も墓参りも全部、女中や嫁たち任せ。私は一切、何もやりませんの。同じ地所にある墓にも入らない。うんと離れたところに埋めてくれと、和尚様と息子に頼みました。そうじゃないと死んでも死にきれないって。こんなこと、尼さんの前でいうことじゃないわね」

福々しい顔と縁切りという言葉がどうにも似合わない。

「常念寺さんの和尚様に頼んだんでしょ」

「大したもんよ。こう見えて、おみよさん、肝が据わっているから」

「ええ。わかっていただけるまで時間がかかったけれど、最後は引き受けていただいて、すっきりしたわ」

みよはにこっと笑った。

女たちは食事を終えると、お茶を飲み、またしゃべり、機嫌よく帰っていった。

はるは慈恵尼たちと女たちを見送りながら、感心したようにつぶやいた。

「いろんな生き方があるもんですね。それにしても死んだ人と縁切りなんて。そんなこと、できるもんなんですか」

「その方が考えつくした末に決めたことなら、誰がそれを止められるでしょう。責めることはできませんよ」

慈恵尼がさらりといって、笑顔でうなずいた。

はるは、それからも千光寺にやって来た。

そのたびに慈恵尼と山に入り、料理を手伝い、時には女たちの話に耳を傾け、相槌を打ち、食事をとり、帰った。

その月の晦日《みそか》に尋ねて来たはるは帰り際、慈恵尼にいった。

「三日後が息子の嫁取りです。迎える嫁に、あの姑のようにあたってしまうのではないかと、私、ずっと鬱々《うつうつ》しておりました。心配は消えませんが、進むよりほかないと肝を据えました」

それからはるは空を仰いだ。

「私、子どものころから聞き分けがよかったんです。上にしっかり者の兄と美人の姉、下に弟の四人兄弟でしたので、親は兄に一目置き、姉は蝶よ花よと育てられ、末っ子は溺愛されました。三番目の私といえば「同じ姉妹でもこうも違うとは」といわれるぱっとしない顔立ちで、気の利いたこと一ついえるわけでもない。いてもいなくてもいいような目立たない子だったんです。そんな子どもが拗《す》ねて泣いたりしたところで、どうにもなりゃしません。誰も機嫌をとってなんかくれませんもの。聞き分けが良かったのも、自分の望みなど口にしたところで、どうにもならないって、諦《あきら》めていたからなんです」

とはいえ、姑と亭主にもう我慢できないと、ぶちまけようと思ったことだってあるといった。

「そりゃ何度も思いましたよ。でも思うだけ。そのたびに、私なんかがいったところで聞いてもらえるわけがないと気持ちを殺して……。何十年も、ないがしろにされたつまらない女だと、自分でも自分にうんざりしていました。けれど、こちらをお訪ねし、庵主さまたちと野を歩き、ご飯を作り、食べて……なんだか、とっても楽しかったんです。胸いっぱい野の気を吸って、風に吹かれて……こんなことしたことがなかったなって。縮こまっていた気持ちが伸びるような気がしました。家でも竈の前に立つことが増えましてね。だんだんと、この世も案外、捨てたものではないとも思えて。これまでの自分のことも少しだけ、違って見えてきたんですよ。……うまくいかないことがあれば顔をふせ、私は、自分からは何もしなかった。流されて、すべてを人のせいにしていたんじゃないかって」

これからも自分は人任せに過ごしていくのか、それでいいのかと、はるは、自問を繰り返したという。

「これからは顔を上げて生きていきたいと思いました。炎が常に姿と色を変えるように、私も、少しは変われるんじゃないかって。こうしたいと思えば、そうすればいい。きっとそうできる。いやな姑にならないと心に誓えば、そうならないって」

はるはそういうと、少しばかり晴れやかな顔で微笑み、慈恵尼と和清尼に深々と頭を下げ、帰って行った。

いろいろな人がいる。順風満帆な人生ばかりではない。

こうしたいと願っても、この世はままならぬことも多い。

禍福《かふく》は糾《あざな》える縄のごとしといわれるように、いいことが続き、ほっと気をゆるめると、辛いことが容赦なく襲い掛かってきたりもする。

はるは、自分を守るために、長年かけて頑丈な殻を作ったのだろう。嵐が吹き荒れているときには、手足も頭もすっぽり引っ込めてやり過ごせるような、硬くて頑丈な殻を。

その殻は確かに、はるを守ってくれた。だが、はるはいつしか自分を殻の中に閉じ込めてしまったのではないか。その殻から出るのを忘れてしまったのではないか。

ワラビを摘むはるは、子どもがおもしろいことを見つけたような、きらきら輝く目をしていた。新しいことに興味を持ち、楽しいことが好きだと、その表情に現れていた。

はるは今、殻から出ようとしている。

人は自分で気づくことでしか、自分を変えられない。どんなに他人が言葉を尽くしても、自分でそうしようと思えなければ、人は動かない。

はるは傷つくことも覚悟して、一歩踏み出すことに決めたのだ。

石段を下っていくはるの後ろ姿を見つめながら、慈恵尼は心の中でがんばってとつぶやき、そっと手を合わせた。

「慈恵尼さま。夕餉のお菜《さい》はどうしますか。おまささんがさっきおからと油揚げを持ってきてくれましたよ」

和清尼が勝手口に向かいながらいった。

慈恵尼はくすっと笑った。和清尼の声が弾んでいるのは、おから炒りが好きだからだ。

今日は、残っている人参や牛蒡《ごぼう》を加えて、おから炒りを作ろう。半分に切って薄味をつけた油揚げに、おから炒りを詰めて、油揚げ包みにしようか。

和清尼がおいしそうに食べる姿が目に浮かぶ。誰かを思いながら食事を作るのは、幸せなことだった。

第二章　野笛を鳴らして

一

「おはようございます。入りますよ」

勝手口からまさの声がした。

まさは土間に入ると、背負っていた籠《かご》をおろした。勝手知った庫裡《くり》だ。棚から大ざるを取り出し、籠に入っていたセリをざるにのせる。

本堂のほうから足音が近づき、慈恵尼の声がした。

「おはようございます。おまささん、今日は早いこと。うわぁ、見事なセリ、いい匂い」

朝の読経《どきょう》を終えた慈恵尼と和清尼がざるの中のセリに目を見張る。す〜っと鼻に抜けるような爽やかな香りが庫裡に広がっていた。

「うちのが田んぼの水路に生えているというものだから、今朝、ちょっと行って、採ってきたんですよ。ついこの間田んぼに水を入れたばかりなのに、みるみる育って。雨後の筍《たけのこ》というけど、セリも負けてませんよ。おいしそうでしょ。庵主《あんじゅ》さまに採りたてを食べてもらいたくて」

「嬉しいわあ。このセリの太くてみずみずしいこと」

まさが嬉しそうに笑った。

「庵主さまがこんな風に喜んでくれるから、なんでもいちばんに届けたくなっちゃうんですよ」

慈恵尼はざるをもちあげ、セリの匂いを胸いっぱいに吸い込む。

「ほんとのことだもの。セリは大好き。おひたし、セリ鍋、かき揚げと、なんでもござれ。ミツバもいいけど、セリは食べでがあるし。あら、ミツバに悪かったわね、ミツバはミツバ、セリはセリなのに」

まさはくすっと笑った。

「ミツバもセリも呆《あき》れてますよ。ここの庵主さまは代々食いしん坊だから仕方がないって」

「いやだわ。先代とおまささんには負けますよ」

「庵主さまにかなう人なんているもんですか。だいたい私は、太ってるから損をしているんですよ。見た目だけで食い意地が張っていると思われて。私なんか庵主さまには、食い気ではとても勝てないのに」

まさは屈託《くったく》なく笑った。

慈恵尼とまさとの付き合いは、慈恵尼が十二、まさが四歳の頃にさかのぼる。慈恵尼はしほという名だった。

手習い所からの帰り道、しほは、まさの母からよく声をかけられた。

――まさが、おしほさんと遊びたがってるの。遊んでやってくれない？

というわけで、しほはほぼ毎日、まさの手を引いて、千光寺の石段を上った。

まさは、ままごとが好きだった。小さな蕗《ふき》の葉や丸いユキノシタの葉を枝で止めてお皿を作り、アカマンマことイヌタデの桃色の花穂を指でしごいて盛り付け、お祝いのお赤飯にみたてた。卯《う》の花の白い花に、たんぽぽの花びらをぱらぱらと交ぜて、ちらしずしを作ることもあった。

――おなかいっぱい召し上がれ。

――まあ、おいしそう。お料理、上手ですね。

――おかわりもありますよ。

小さな手を合わせたり、むしゃむしゃと食べる真似をしたり、うまいうまいと連呼する、まさの笑顔がかわいかった。

まさの手を引き、本当に食べられるものも探した。

今の季節なら、紅紫色の若芽を出すイタドリ、別名スカンポだ。若芽を折り取り、外の皮をむき、口にする。少しえぐみがあり、酸っぱい。

まずくはないが、おいしいわけでもない。けれど、味がするというだけで、子どもたちのお気に入りだった。

イバライチゴや木イチゴはご馳走だった。小指の爪の半分ぐらいしかない実を見つけると、こちらも酸っぱいのだが、夢中で摘んで食べた。

スズメノテッポウの穂で作った草笛、カラスノエンドウのピーピー笛、花びらで作る色水、藤の実のおはじき、オオバコの茎を絡めて引っ張り合う草相撲……。千光寺のまわりに生えている草や花や実が、子どもたちの恰好《かっこう》の遊び道具だった。

しほが吉祥園に奉公に出る日、まさは村のはずれまで見送った。そして二十歳で千光寺に戻ってきたしほを、涙を浮かべて迎えてくれた。

十二歳になったまさは背が伸び、面倒見のいいお姉さんとして、かつてのしほのように境内《けいだい》の子どもたちに慕われていた。

恵桂尼が亡くなった年の霜月に、まさは白金《しろかね》の履物屋の三男である正三郎を婿に迎えた。それからも変わらぬ付き合いを続けている。

　まさと正三郎、十七と十九だった夫婦も、今では四十一と四十三である。

「庵主さま、村の人をこちらにお連れしたいんですけど。明日は忙しいですか」

　まさがいった。

「明日は寺におりますよ。午後に、静馬《しずま》さんが顔を出すといっていましたけど。どなたかしら」

　千光寺の裏に、慈恵尼は小さな薬園を構えている。使い勝手のいい薬草を慈恵尼が選び、下男の与平と共に丹精している。

　この薬草の質がいいと評判で、近隣の医者がときおり求めにやってくる。白金に住む長崎帰りの医師・影山《かげやま》静馬もそのひとりだった。

「二年前に丈太郎《じょうたろう》さんのところに嫁に来たおしのさんという人なんですけど」

　丈太郎は村はずれの本百姓だ。旦那《だんな》寺《でら》が常念寺ではないので、親しく話したことはないが、小さな村のことで、その嫁が美人だという噂を聞いたことがあった。

「お昼をご一緒しましょうかね」

「ありがとうございます。喜びますよ、きっと」

　まさは自分からしゃしゃり出ていくほうではないが、人の話をじっくりと聞く。懐が深く、裏表がなく、面倒見がよい。村の女たちから慕われ、頼りにされていた。

翌日の昼四ツ（午前十時）過ぎ、まさに伴われてやってきたその女は、絣《かすり》の着物に、髪は櫛巻きという恰好だったにもかかわらず、どことなくあか抜けていた。評判にたがわぬ美形である。

本堂で読経し終えると、三人は外陣《げじん》に腰を据えた。

今は青空が広がっているが、明け方、雨がざっと降ったせいで、土はしっとりとして、湿り気のある風が吹いている。

「お初にお目にかかります。しのぶと申します。旦那寺が隣村の龍山寺《りゅうざんじ》なもので、ご挨拶する機会もなく、失礼いたしました」

しのぶは、艶《つや》のある声でいった。

「二年前にこちらに嫁入りなさったとか。この村の住み心地はいかがですか」

「野良仕事がはじめてだったものですから、はじめは何もできなくて……でもようやく慣れてきました。半人前の私にも、みなさん、親切にしてくれましたし」

「野良仕事がはじめて、というと、ご実家は何を？」

「実家は……」

口を濁《にご》したしのぶと代わるように、まさが膝《ひざ》をすすめた。

「そのことなんです。庵主さまに相談したいというのは。ね、おしのさん」

まさに促され、しのぶはとつとつと話しはじめた。

「私が生まれ育ったのは柳橋《やなぎばし》です」

「柳橋というと、両国広小路《りょうごくひろこうじ》の手前の？」

「はい。江戸で一番賑《にぎ》やかなところです。おっかさんは……市太郎《いちたろう》という名でお座敷に出ていた、売れっ子芸者でした」

なるほどと、慈恵尼は思った。人前でしゃべることに慣れていない、このあたりの女たちとは異なり、しのぶはしゃきしゃきと歯切れがよかった。

それにしても、芸者の娘が百姓の嫁に落ち着くとは、そうそうあることではない。いろいろ事情がありそうだった。

「おとっつぁんはどこの誰かわかりません。でもまわりには父親のいない子など、たくさんおりましたので、そんなものかと思って育ちました」

いくら、口が堅いまさと慈恵尼が相手とは言え、父親がわからないなどということは、普通なら口にしたくはないはずだった。

しのぶの話の行先はどこなのだろう。慈恵尼はじっと耳を傾けた。

まさは地蔵のような表情で聞いている。込み入った話を聞くとき、まさはよくこんな顔になる。いちいち驚いたり、憤《いきどお》ったりしない。余計な口もはさまない。

「おっかさんは、私とは違い、博多人形のような美貌なんです」

まさの目が一瞬、きょろりと動いた。博多人形とまではいかないにしても、しのぶはこの村では一二を争うほどの美人だったからだ。

「白い艶肌、黒目がちな目、鼻筋の通った形よい鼻、花びらのような唇、そして柳腰のすらりとした姿……おっかさんが通りを歩けば、振り向かない男はいませんでした。女の人たちも息を呑んでおっかさんを見つめて。私、そんなおっかさんが自慢だったんですよ……おっかさんに似ればよかったのにねえ、と子どもの頃から、いやというほど、いわれましてね」

市太郎はそのうえ、声がよく、唄を歌わせたら右にでるものはいない芸達者でもあった。

「色を売る女郎芸者とは違い、自分が売るのは芸だけだと、おっかさんはいつも胸をはっていました。もっとも、わかったもんじゃありません。色事がなければ私は生まれませんからね」

しのぶは口元に冷たい笑みを浮かべ、慈恵尼を上目遣いに見た。

「長々とこんな話をしたのは、私はおっかさんとのやっかいごとを抱えていて……」

「やっかいごととは？」

慈恵尼が静かに促す。

「……私、三年前に家を捨てたんです。家を出たんです。それからずっと、あの人に会ってません。文《ふみ》のやりとりもしていません。所帯をもったことも、目黒に住んでいることも知らせていません。それが……私がここにいることが、あの人にわかってしまったに違いなくて」

奥歯を嚙《か》みしめながら、しのぶはいった。いつのまにか、おっかさんは、あの人という呼び名に変わっていた。

「私、二度と会いたくないんですよ。顔も見たくない。声も聞きたくない。そばに寄られるのも、まっぴらごめんなんです」

感情が溢《あふ》れたように、しのぶの声が震える。まさがたずねた。

「おっかさんは、今も柳橋に？」

「あそこでしか生きていけない人ですから」

しのぶは唇を嚙む。

「目黒のことなんて、柳橋じゃ、話にものぼらない。私がここに住んでいるなんて、絶対にわからないと思っていたのに。一生、会わずにすむと思っていたのに……」

先日、家に富山《とやま》の薬売りが訪ねてきたという。先に薬を預けておいて、利用した分の薬代金をもらい、新しい薬を補充するのが富山の薬売りだ。毎年、決まった人がやってくる。

そのとき、たまたましのぶと丈太郎は田んぼから家に戻っていた。

――薬売りさん、うちの嫁さんだよ。

――これはこれは、はじめまして。去年はお出かけのときにお訪ねしてしまって、お会いしたいと思っていたんですよ。

すると薬売りは、しのぶの顔をじっとのぞきこみ、はっと顔色を変えた。しのぶはあわてて、顔を伏せた。

――違っていたらごめんなさいよ。柳橋の市太郎さんの娘さんじゃないかね。……名前はたしか、しの、しのぶさんという……。

市太郎の家にも出入りしていた薬売りだった。

こんなことがあるだろうか。柳橋の実家と目黒の婚家、遠く離れているのに、同じ薬売りが出入りしていたなんて。

しのぶは絶句し、あわてて首を横に振った。

――まさか、人違いですよ。

――その声も覚えてますすよ。しのぶさん、ここにいらしたんですか。丈太郎さんの嫁さんになっておられたとは。わからなかったわけだ。……市太郎さんが探しておられますよ。突然、家を出てしまったって、あのときの市太郎さんの慌《あわ》てよう、やつれようといったら、気の毒でかける言葉が見つからなんだ。それからは市太郎さんに会うたびに、しのぶさんを見かけたら教えてほしいと頼まれてね。……とにかく、お元気でよかった。気丈な人だから、市太郎さん、しっかりやってらっしゃいますよ。近頃はお座敷の方はすっかり引退なさって、今は長唄《ながうた》のお師匠さんとしてお弟子さんを大勢抱えて。……しのぶさん、ずいぶん焼けたね。でも目元はやっぱり、市太郎さんによく似ていらっしゃる……。

しのぶは膝をぎゅっとつかんだ。

「薬売りさんは、これから八丁堀と日本橋をまわるといっていました。あの人に、私がここにいることをいわないでと薬売りさんに頼んでもみたんです。時期がくれば便りを出すつもりだからともいいました。けれど……薬売りさんは、親子なんだから知らせた方がいいと、逆に私に説教する始末で……。私が目黒にいることがわかれば、あの人はきっとここにやって来る……そしたら私、どうしていいかわからなくて」

それっきり、しのぶは押し黙った。いったい、なぜ、しのぶが母親と会いたくないのか、二人の間に何があったのか。しのぶはまだ語ろうとしない。

和清尼が急須と湯呑をお盆に載せて運んできた。まさが湯呑をとって、鼻を近づけ、表情をやわらげた。

「ヨモギ茶？」

和清尼がうなずく。

「どうぞ、喉を潤《うるお》してくださいな」

ヨモギをカリカリになるまで天日に干して作ったヨモギ茶だった。

ヨモギ茶は、体を温めるので、冷え性や肩こり、風邪のひきはじめにもいいといわれる。それだけでなく、気持ちを落ち着かせる作用もあり、千光寺ではこみいった話になりそうなときには、ヨモギ茶を出すことが多かった。

ヨモギ特有のさわやかな風味と、まろやかな口当たりをゆっくり味わうように、まさは二口ほど飲んだ。

慈恵尼は「ちょっと失礼」と断りをいれて、奥に引っ込むと、すぐにざるを持って戻ってきた。

「話をしながら、手伝ってもらえますか」

慈恵尼は重ねていた空《から》のざると、青物が山盛りになっているざるを、しのぶとまさの前においた。

まさが青い小さなさやをつまみあげる。

「あら、カラスノエンドウだ」

「ええ。豆ご飯を作ろうと思って」

大きいもので、一寸（約三センチ）ほどの長さで、さやの太さは、うどんと冷や麦の間といったところだろうか。

カラスノエンドウは、日向《ひなた》によく生えている、いわゆる雑草だ。

葉の先端の巻きひげで、まわりのものに絡みつきながら背丈を伸ばし、エンドウ豆とよく似た、濃い桃色のかわいらしい花を咲かせる。さやが熟すと真っ黒くなり、黒い種（豆）をぱんとあたりに散らすので、カラスノエンドウと呼ばれている。

「これ……食べられるんですか？」

しのぶが聞いた。まさが苦笑する。

「おしのさんは、食べたことがないか。丈太郎さんち、畑になっているものがたくさんあるものね。でも結構、おいしいのよ。ね、庵主さま」

「クセが強くなくて、葉も花も実も食べられるんです。実は黒く硬くなる前、緑色のものに限りますけど」

　まさがさやの筋にそって押さえると、緑色の小さな豆がぷんとざるにこぼれ落ちた。三人の手が次々に伸びていく。ぷんぷん、豆がざるに転がっていく。

「子どもの頃、これでピーピー笛、やりましたね、庵主さま」

「今も、子どもたち、やってますよ。みんなが鳴らしだすと、境内中にすごい音が響き渡って」

「おしのさんもやった？」

　しのぶは怪訝《けげん》な顔をして、いいえと首を横に振った。

「町中の子どもはこんなもので遊ばないか」

　まさはカラスノエンドウのさやの、背中側の筋をぴっととり、二つにさやを開いた。十個ほど並んでいる小さな豆をざるにあけ、中にくっついていた白いモヤモヤを爪でこしとる。口にくわえ、思い切り、息をはく。

　ぴぇ～～っ。

　大きな音が出た。慈恵尼も同じように、ぴぇ～～っと音を鳴らした。

「庵主さまが私に教えてくれたんですよ、このピーピー笛の作り方。覚えてます？」

「覚えてますよ。……私は誰に教わったんだったろ」

慈恵尼は頬に手を当てた。

「恵桂尼さま？」

だが慈恵尼は、村の名主《なぬし》の名前をつぶやいた。

「……たぶん、そちら」

「ええっ、あの七左衛門《しちざえもん》さん？」

七左衛門は頼りがいがあると慕われる名主である。髪は真っ白ですっかり薄くなっている好々爺《こうこうや》だ。

「みんな、子どもの頃があったんですね。七左衛門さんにも」

「そりゃ、ありましたよ」

まさと慈恵尼が目を合わせて笑う。

だが、しのぶは眉間に皺《しわ》をよせ、唇を噛んだ。

「思い出しました。ほかの子どもたちがそれで遊んでいたこと。でも、私は遊ばせてもらえなかった……」

しのぶは低い声で言い、再び話しだした。

芸者の子として生まれたしのぶは、物心ついた頃から、踊り、唄、三味線など、いくつもの習い事をさせられたという。

「来る日も来る日もお師匠さんのところに通いました」

色が黒くなるからと、外遊びは禁じられていたので、遊び仲間もいなかった。

けれど、三味線を弾き、いっぱしの唄を歌う小さな女の子は珍しがられ、祭りの神楽《かぐら》の上で唄を歌ったり、水芸の芸人に頼まれ、振袖を着て三味線と唄を披露し、喝采を浴びたこともある。

「思えば、それが私の芸の花の時期だったかもしれません」

六つになると、同い年の子たちが稽古に加わった。習い事は六歳の六月六日からはじめるのがよしとされていたからだ。

はじめは、一日《いちじつ》の長《ちょう》があるしのぶに、他の子はまったく太刀打ちできなかった。だがしばらくして、やはり芸者を母に持つ娘・きいがどんどん腕を上げはじめた。

「おきいちゃんは、一度唄を聞いただけで節も拍子も覚えてしまう。甘い声にも伸びがあって、心地よいんです」

いつのまにか、一目置かれるのは、きいに替わっていた。

「おきいちゃんはそのうえ、人形のようなかわいらしさで……」

芸者の娘ふたりは、なにかと比べられた。

母の市太郎の小言が増えていった。

――あの子ができるのに、しのぶができないわけがない。

――おかしいねえ、二年も長く稽古をしているのに。

――ただ稽古をすればいいってもんじゃない。唄の意図するところをわからないと、うまくならないよ。あの子をごらん。唄に心が入っているだろ。

――もう少し、なんとかならないもんかね。おまえの唄はつまらないんだよ。ただ決められた通りに歌うだけじゃ、艶っぽくもなんともない。あの子みたいに、自分の中から出てくる彩をつけないと。

きいの母親と市太郎自身も、座敷で人気を競っていたこともあり、しのぶへの叱責《しっせき》は次第に厳しくなった。

「私の顔を見れば稽古をしろ、おきいちゃんに負けるな、もっとうまくなれって。でも、そういうのは、私が嫌いだからじゃない。私のためだって。……あの人に喜んでもらいたいと、がんばったんだけど」

やがてしのぶときいは、十六で一緒に座敷に出た。まもなくふたりの間に歴然とした差が生まれた。きいは毎晩、いくつものお座敷がかかり、しのぶはお茶をひくことが増えて行った。

――おきいは愛嬌があるし、芸もある。そのうえ、お客がふと漏《も》らした一言から、心中を察してさりげない心遣いができる。おしゃべりも出すぎず、それでいて気の利いたことがいえる。おきいはこれからの柳橋を背負って立つ芸者になるよ。……しのぶ、少し、おきいを見習わないと。こんなこと言いたくないんだけど、この間の旦那さん、おまえがずっとぶすっとした顔をしていたと、ひどくおかんむりだったよ。置屋《おきや》の女将《おかみ》から、しのぶが叱責されることも増えていった。

——市太郎の娘とも思えない。

——下手じゃないけど、ぱっとしない。

——とびが鷹《たか》を生んだの逆だ。

そんな陰口が、嫌でもしのぶの耳に入ってくる。

「おきいちゃんは十八で、お旗本の跡取りに見初《みそ》められて、お嫁に行くことになりました。芸者がお旗本の奥方様になるなんて、夢のまた夢。見事に、玉の輿《こし》に乗ったんです」

きいは芸者をやめる前、しのぶにわざわざ会いに来た。菓子折りを手渡し、しのぶに頭を下げた。

——しのぶちゃんがいてくれたから、私、厳しい稽古もがんばれた。これから会えなくなるけど、元気でね。

——どうぞお幸せに。

——ほんとのことというと、心配なの。釣り合わぬは不縁の元っていうでしょ。いっても詮無いことだけど、あの人がお旗本なんかでなかったらよかったのに。

——それ、おのろけ？

——ごめんね。しのぶちゃんの顔を見たら、つい本音が出ちゃった。

——おきいちゃんなら、がんばれるよ。

——うん。一所懸命つとめるつもり。がんばるしかないよね。しのぶちゃん、これまでほんとにありがとう。

得意満面に、幸せな自分の姿を見せつけに、きいはわざわざやってきたに違いないとしのぶは思い込んでいた。だが、違っていた。きいは友人であるしのぶに別れを告げ、礼をいいに来たのだった。

しのぶは、負けたと思った。芸はもとより、心根さえも、きいのほうが格段に上等だ、と。

それからというもの、しのぶは奮起するどころか、自分がすっかりいやになってしまった。

若い子が次々に一本立ちする。美しく、気が回る子が評判をとる。いつしかしのぶは三十過ぎの芸者たちにまじって、地方《じかた》をつとめるようになった。地方は、客の前で舞や唄、三味線を華やかに披露する若い芸者の後ろで、三味線と唄の伴奏をつとめる役目だ。

しのぶを指名して花代《はなだい》を弾んでくれる客はもういなかった。芸者としてはまだまだという年齢なのに、誰からも期待されない。

──おまえはこれからどうするんだい。もう二十二。贔屓《ひいき》の客もいない。あれだけ稽古に通わせたのに。

市太郎が吐き捨てるように言った日、しのぶは家を出た。

しのぶはがんばらなかったわけではない。稽古を重ねても、実を結ばなかった。もうこれ以上、続けられない。こんな日々は耐えられない。親の持ち駒でいるのも、もういやだ。

何もかも捨てたかった。

自分のことを誰一人知らない町に行こうと、しのぶは思った。

しのぶが足を止めたのは芝《しば》だった。以前、芝の造り酒屋の主が座敷をかけ、芝はいいところだとしきりにいっていたのを思い出したのだ。

──公方様《くぼうさま》の菩提寺の増上寺《ぞうじょうじ》があり、江戸でも有数なにぎやかな街だ。

その客がいった通り、芝は大名屋敷と寺の多い町だった。そこで、しのぶは料理屋に女中として奉公した。

「その料理屋に野菜を売りに来ていたのが、もしかして丈太郎さん？　そんないきさつがあったんだ」

しのぶはこくっと、まさにうなずいた。丈太郎は三日に一度、料理屋に野菜を売りに大八車《だいはちぐるま》を引いて目黒から芝に来ていた。

板前が選んだ野菜を丈太郎は台所に運び入れる。そこでしのぶと出会った。

その頃しのぶは、女中奉公にも音《ね》をあげかけていた。お膳をたくさん重ねて台所と客間を往復するのはしんどかった。他の女中のように、お膳を三つも重ねて歩こうとしても、すぐに腕がしびれ、腰が痛くなってしまう。途中でお膳をひっくり返して、女中頭にさんざん叱責されたことも一度や二度ではない。

そのうえ、芸者としてはパッとしなかったのに、いざ女中の間に入ると、顔だちが整っている上、どことなく艶っぽい。女を売ろうとしているという的外れな噂をたてられ、いやな思いもしていた。

これまで旦那衆の相手ばかりしていたしのぶにとって、同い年の丈太郎は子どもっぽく見え、当初は男とはまったく意識していなかった。

だがある日、女中仲間に嫌味を言われ井戸端で泣いていたところに、丈太郎が通りかかり、しのぶを慰《なぐさ》め、それからというもの、互いに意識するようになった。

とはいえ、丈太郎に一緒にならないかと言われたときには、すぐには返事できなかったという。

「丈太郎さんはいい人だなって思ったけど、丈太郎さんと夫婦になれば、野良仕事をしなければならない。私、草取りもしたことがなくて。こんな何にもできない女を丈太郎さんのおとっつぁんとおっかさんはきっと気に入ってくれないだろうと、それも不安で、ぐずぐずしていたら、丈太郎さんから一度、うちに来いって言われて、お盆休みに連れていかれたんです。いやいや行ったんだけど、おっかさん、いっぱい料理を作って待っていてくれて、おとっつぁんは少しずつ野良仕事を覚えればいいよっていってくれて」

「それで丈太郎さんと一緒になったんだ。丈太郎さんの親は二人ともおっとりしたいい人だから。丈太郎さんがべっぴんの嫁さんを連れて来たって、あのとき村の人たちがこぞっておしのさんを見に行ったよね。村じゃ見たことがないほどの器量よしだって評判だったんだよ」

まさがいった。慈恵尼が尋ねる。

「柳橋のおっかさんとはそれっきり？」

しのぶは膝に置いた拳をきゅっと握りしめる。

「芝を出るときに、一度だけ、文を出しました。元気でいるので心配しないでと」

「丈太郎さんのことは書かなかったんだ」

「書きません。百姓と一緒になるなんて、あの人にとっては青天の霹靂《へきれき》で、悪態をつかずにいられないに決まってる。どっちにしても縁を切るつもりだったし」

そういって、しのぶは口を閉じた。母の市太郎が目黒にやってくれば、三年ぶりに会うということになる。

「豆もすっかり弾《はじ》き終えたことだし、庫裡に移動して、豆ご飯を作りましょうか。話の続きは食事の後ということにして」

慈恵尼はざるを持ち、立ち上がった。

二

塩をいれた熱湯でカラスノエンドウの豆をゆがき、炊き立てのご飯にさっくり交ぜた。皮をむき、短冊切りにしたウドは酢水にさらしてあく抜きをし、酢味噌で和え、山椒《さんしょう》を添える。それに、下茹でしたハコベと豆麩《まめふ》の味噌汁、きゅうりの浅漬けがお膳に並んだ。

「今日は摘み草料理。さ、召し上がれ」

慈恵尼とともに、和清尼、まさ、しのぶも手を合わせて箸《はし》をとった。

ハコベの若芽は茎を折ると水がにじむほど、水をたっぷり含んでいる。そのまま食べる人もいるが、湯に通すと、青臭さが抜ける。

「しゃきしゃきしておいしい」

しのぶは、ハコベを箸でつまみ、じっと見つめた。

「透き通った緑色がきれいだこと。そのまま味噌汁に入れていいんですか」

「一度さっとゆがいているんですよ。野の草はあくがあるので、ゆがいたほうがおいしくいただけるものが多いんです。ウドはあくのせいで、切ったらすぐに茶色に色が変わってしまうので、酢水に放つんです。むいた皮も。皮はきんぴらにすると、おいしくいただけるんですよ。捨てるところがないの」

しのぶはウドの酢味噌和えを口に入れた。ほんのり土臭く、ほんのり甘く、酢味噌がその味わいをひきたてている。

「ウドのあくが強いときは、酢水につけてからほんのちょっとお湯にくぐらせるといいんですよね、庵主さま」

そういったまさに、慈恵尼がうなずく。

「庵主さまは、手間を惜しまないから。塩梅《あんばい》がいいの。庵主さまの料理を食べて、ああ、これ、こんなにおいしかったんだって、いまだに思うこと、あるもの」

まさが笑った。

「寺の周りにいろいろなものが生えていますから。いただきものだと感謝して、ありがたく食べさせていただいているんです」

「カラスノエンドウが甘くて、ぷちぷちして楽しい。ご飯と合いますね。今度、私も作ってみようかしら」

「塩と酒を少しいれて米を炊くといいですよ。ご飯の塩味で、豆が甘く感じられるから」

ご飯担当の和清尼が低い声でいった。

食事がすむと、和清尼も加わり、再び話に戻った。

「何度もいうようですけど、あの人と会うのがとにかく嫌なんです」

「そうはいっても、会いに来たら逃げるわけにもいかないよね。二十二まで育ててもらったんだろ。おっかさんにも言い分はあるはず。おしのさん、何も言わずにでてきてしまったんだもの、おっかさん、心配したとも思うよ。心配をかけたことはきちんと謝って、それから話をできないもんかね」

まさが宥《なだ》めるようにいった。しのぶはうなずかなかった。

「あの人が私に投げつけた悪口雑言《あっこうぞうごん》を思い出すと、いまだに体の震えが止まらなくなるんです。今、こうして生きていられるのは、家を出たから。家にい続けたら、私はおかしくなっていたかもしれない……」

「……謝って話をするって、簡単なものじゃないか。どうしたもんかねえ。二人で話すのは無理だとすると……」

ため息をつきながらいったまさの声に、しのぶの声が重なった。

「庵主さま、あの人が来たら……ここに連れてきていいですか」

慈恵尼は和清尼と顔を見合わせた。

「おしのさんがそうしたいとおっしゃるなら……。でもあいにく明日と明後日は不在なんですよ。明日は常念寺で法要がありましてね、明後日はあちらの檀家さんの月参りに行かなくてはならなくて。そのときにいらしたら、どうしましょうか。……おまささん、お願いできますか」

まさがえっと声をあげた。

「私？　私、無理ですよ。そんなこみ入った間に立つなんてこと……」

「すがれるのはこちらだけなんです。庵主さま、おまささん、よろしくお願いします。これを機に、私、あの人と本当に縁切りをするつもりです」

目を潤ませて頭を下げたしのぶを、まさは困った顔で見つめた。

しのぶを見送ると、まさは頬に手を当て、慈恵尼に恨めしそうにいう。

「もし、おしのさんのおっかさんが、庵主さまのいないときに来たら、すぐに使いを出しますので、できるだけ早く帰ってきてくださいね。檀家さんの家で長々とお茶なんか飲まずに。今回ばかりは長っ尻しないでくださいよ」

「ええ、そうしますよ」

慈恵尼が請け合っても、まさのため息は止まらなかった。


皇族や公家《くげ》にゆかりのある門跡寺院《もんぜきじいん》は別にして、尼寺の多くは本寺の塔頭寺院《たっちゅうじいん》として建立《こんりゅう》されている。千光寺にとっては常念寺が本寺にあたり、慈恵尼と和清尼は、常念寺の檀家の月参りや、葬儀や法要に、役僧《やくそう》として参加する。

翌日の法要は、毎月、佐和とともに精進料理を食べにくる、みよの亭主の三回忌だった。

みよは、亭主の葬儀を終えた後、自分は亭主とは同じ墓に入らないと決めた女だ。直接聞いたわけではないが、みよの亭主は知らぬ人がいないほどの艶福家《えんぷくか》だったという。代々大きな商いをしている米問屋で、姑《しゅうとめ》も厳しく、みよは相当苦労したらしい。

死んだ亭主と縁切りをしたいといわれたとき、常念寺の和尚《おしょう》・円光は、開いた口がふさがらなかったという。前代未聞の申し出だった。

——生前のご亭主の所業を許せないという、おみよさんの苦しいお気持ちもわからないではありませんが、亡くなられた人は浄土におられます。先に往かれた親しい方々やご先祖様にお迎えいただき、ご亭主は今は一切の迷いや苦しみや痛みから救われて心から安らかに成仏なさっておられます。そしてご先祖様と一緒におみよさんやご家族の皆さんをお見守りなさっています。

——私は、亭主や姑のそばで成仏などしたくないんです。過去のことを悔いているならともかく、自分のしでかしたことを忘れ、なかったことにして、心安らかにしている亭主の顔など見たくない。それじゃ、死に逃げみたいなもんじゃないですか。

——おみよさん、どうぞ、手を合わせて、そういう気持ちを、仏様やご先祖様そしてご亭主にお伝えなさってください。その思いのすべてを受け止めて下さるはずです。

おみよさんがこれからの日々を健やかに生きていかれますように、私もお祈りさせていただきましょう。

円光は言葉を尽くして、みよを宥めようとしたが、みよの気持ちは変わらなかった。亭主が死んで、浄土でのうのうとしているというのは受け入れがたい。死んでみたら自分の気持ちが変わるのかもしれないが、生きている今はとても無理だ。

そして、この年であればいつ、死ぬかわからない。婚家と縁を切り、違う墓に埋めてもらうという約束をとりつけなければ、自分は死んでも死にきれない。

みよが息子夫婦も説得したこともあり、円光は仕方なく、みよが別の墓に入ることを認めたのだった。今では、みよは亭主や舅《しゅうと》姑の墓参りもしていない。

「でも今日は、慈恵尼さんたちが精進料理を作ると言ったら、それならご飯を食べに寺に来るとおみよさん、おっしゃって、息子さん夫婦と一緒にいらしたんですよ」

庫裡で包丁を握りながら、実光《じっこう》がいった。実光は三十がらみの寺付きの坊さんで、料理好きの、気さくな男だった。

「おみよさん、別の墓に入ることは、ご親戚にも伝えているんですか。大きな家だけに、親戚からのおみよさんへの風当たりも強いのでは」

和清尼が襷《たすき》をかけながら実光にいった。

「死んだらみんなびっくりするなんて、いたずらっぽい顔でおっしゃってましたから、さすがにご親戚には、お墓の件は明かしていないんじゃないですか。とりあえず顔を出されてよかったですよ。千光寺さんの料理のおかげです」

「おみよさん、そこまで思いつめているなら、ご亭主の親族との関係を断っても不思議じゃないのに」

「息子さんたちのことを考えてのことのようですよ」

「なるほどねえ」

慈恵尼は懐《ふところ》から紙を取り出した。この日の献立が書いてある。

汁物　鞠麩《まりふ》、水菜
漬物　沢庵二切れ
煮物　厚揚げ、椎茸《しいたけ》、里芋、蓮根、人参、牛蒡《ごぼう》、こんにゃく
天ぷら　牛蒡と人参、ヨモギ
焼き物　鰻《うなぎ》のかば焼きもどき
豆腐　胡桃《くるみ》豆腐

「かば焼きもどき、久しぶりですね。楽しみだな」

実光の顔がほころぶ。食べ応えのあるものをひとつ加えると、精進料理も華やかになる。

和清尼には天ぷらと飯炊きと汁物、実光にはねり胡麻作りと、大和芋と蓮根のすりおろしを頼み、慈恵尼は木綿豆腐を二枚のまな板ではさんだ。その上に重石《おもし》を載せる。こうしてしっかり豆腐の水きりをするのがかば焼きもどきを美味しく作るコツなのだ。

豆腐を水きりしている間に、慈恵尼は煮物にとりかかった。すでに干し椎茸が水で戻してあるのを確認し、ねじりこんにゃくを作り、水から茹でこぼしてざるに上げる。里芋は皮をむき、さっと茹でてざるにとる。牛蒡と人参と蓮根は乱切りに。戻した椎茸は軸を取り、笠の表面に切り込みを入れ、大きいものは半分に切った。

干し椎茸の戻し汁を濾《こ》して鍋にいれ、塩少々とともにこんにゃくと野菜、厚揚げをいれ、落とし蓋《ぶた》をして火にかける。材料が柔らかくなったところで、砂糖と醤油で味を調える。

「庵主さま、大和芋と蓮根、すり終わりました」

慈恵尼は、そのすり鉢を受け取ると、ぱらぱらと塩をふり、水きり豆腐を加え、再び、滑らかになるまで擂粉木《すりこぎ》で小さな丸を描いていく。

「これを、板海苔《のり》にまんべんなく塗ってくださいな。私は胡桃豆腐にとりかかりますので」

再び、実光にすり鉢を渡すと、慈恵尼は、これまた、別のすり鉢でとろとろになるまですった胡桃に吉野葛、砂糖、水を混ぜ、ざるで濾し、中火にかけた。ねっとり固まってきたところで火を弱め、さらによく煉《ね》り、水で濡らした器に流し入れる。あとは冷えるのを待つだけだ。

「庵主さま、これでどうでしょう」

実光が海苔に塗ったものを見せた。

「鰻に見えるように、横方向に筋目を入れ、縦方向にも細かい筋目を入れましょう」

「庵主さまは本物の鰻のかば焼きを食べたことがあるんですか」

実光はうかがうようにいった。

「ええ、得度《とくど》前に原宿にある薬園に奉公していましてね、そのときに何度か。実光さんは？」

「私が知っているのはもどきだけで」

「では本物よりもおいしいもどきを作らなくちゃね」

慈恵尼はいたずらっぽい目をしてそういうと、浅型の鉄鍋に胡麻油を熱し、もどきをのせて、両面を揚げ焼きにした。面を返すたびに、七味と砂糖、醬油を煮詰めたたれを丁寧に塗っていく。こうして何度もたれを塗ることで、見た目も味も本物の鰻に近づいていく。

胡桃豆腐が冷え固まると、切り分けて小鉢に盛りつけ、醬油と砂糖で調味した混ぜ餡《あん》をとろりとかけた。

精進料理の評判は上々だった。お酒も入り、和気あいあい、住職の円光や実光、慈恵尼と和清尼も一緒に箸をすすめながら、故人の思い出話から、商いの話やうわさ話までが飛び交っている。

「庵主さま、私の法要には必ずこの胡桃豆腐を作ってくださいね」

みよが慈恵尼にいった。慈恵尼の胡桃豆腐はつるんとなめらかでほんのり甘く、甘党の女たちにはもちろん、辛党の男たちにも人気がある。

「元気な間にたくさん召し上がってください」

「そうね。生きているうちが花ですものね」

あっけらかんとみよはうなずいた。

「ところで、おみよさん、おたく、家の墓に入らないってほんとかね。まさか、そんな罰当たりなことはしないと思うが」

親戚の髪の白い男がじろりとみよを見た。みよの顔が一瞬こわばった。だがみよは顎を上げ、ほほ笑んでみせた。

「今、考え中でございますの。ご心配いただいて申し訳ありません」

「ええっ？　考え中って？　おみよさん、あんた、そんなことしようとしていたの？　たまげた。嫁が家の墓に入らないなんて、聞いたことがない。兄さんがかわいそうだ。嫁にそんなことをされるなんて」

年配の女が血相を変える。みよの亭主の妹らしい。先ほどの白髪の男が冷たい口調で続ける。

「もしそれがほんとなら、さっさと家を出ていったらどうかね。家の者は家の墓に入る。墓に入らないというのは、家の者ではないということだ」

「死んだ者は、みな浄土に行き、かわいそうなんかではないそうですよ。安穏と暮らしているらしいですから。隠居の身で、私は幸い、暇だけはたくさんありますので、よく考えてみますよ」

もうとっくに心を決めているのに、みよは平然といった。親戚の白い目にさらされても、堂々としている。あっぱれというほどの覚悟だ。

泣きそうな顔で親と縁切りをしたいといっていたしのぶを、慈恵尼は思い出さずにいられなかった。

その日、しのぶの母は来なかった。

三

翌朝、慈恵尼と和清尼は朝餉《あさげ》を終えると、常念寺の檀家の月参りに出かけた。田に植えられた稲がすくすく伸びている。薄曇りだが、田に入った水に陽光が反射して、ほんのりと明るい。

千光寺は目黒三社として有名な「目黒不動尊」「大鳥神社」「金毘羅大権現《こんぴらだいごんげん》」にほど近い。この日は、お不動様こと、目黒不動尊の縁日の日で、参詣の人たちが続々と白金のほうからやってきていた。

目黒不動は、目白不動、薬研堀不動《やげんぼりふどう》と並ぶ江戸三大不動の一つであり、目白不動、目赤不動、目黄不動、目青不動とならぶ江戸五色不動の筆頭でもある。

将軍家光が鷹狩りで目黒の辺りに来ていた時、可愛がっていた鷹が行方不明になり、そこで不動の僧に祈らせたところ無事に戻ってきたことから、目黒不動は幕府の厚い保護も受けている。八のつく日が、目黒不動の縁日だった。

目黒川にかかる太鼓橋を渡り、左に折れ、慈恵尼と和清尼は左に目黒川を見て上目黒に向かう。道を曲がったとたん、通りを行く人は少なくなった。

「庵主さま、おでかけですか」

「お精がでますね」

「お気をつけて」

畑仕事をしている人がときおり声をかけてくる。慈恵尼たちが月参りをしている檀家は十軒ほどで、今日行くのは、長く村の組頭《くみがしら》をつとめていた作兵衛《さくべえ》の家だった。

目黒川にはところどころに水車が設けてあり、周囲の農地に向かって水路が続いていた。

この一帯は水が豊かで、この目黒川だけでなく、玉川上水《たまがわじょうすい》から引かれた三田上水も通っていて、飲用だけでなく田畑に使うことも許されていた。水利により、目黒周辺の田畑は生産力があり、豊かな家も多い。

作兵衛の屋敷も広々として、庭には築山《つきやま》もこしらえてあった。

「お待ちしていました」

息子の伝之助《でんのすけ》夫婦とその子どもたちが揃って慈恵尼たちを出迎えた。座敷に通され、お茶をいただいていると、作兵衛が顔を出した。

今日は、作兵衛の女房で、伝之助の母のしずの月命日だった。

「庵主さま。早いものでしずが亡くなってもう五年。あっというまに日が経って、私も六十六になりました。この年になると、一日一日がいとおしくなりますな。残りが少なくなったからですかね」

「本当に、年を重ねるたびに、日がたつのが早くなり、うかうかできないと感じさせられます。でも作兵衛さんには、まだこの世でなさらなければならないことがおありになりますよ。ね。伝之助さん」

「親父にはもそっとがんばってもらいたいです」

「もそっとねえ」

ふふっと作兵衛はまんざらでもなさそうに笑った。

小作人が米を納めに来る日に、この家を訪ねた日のことを慈恵尼は思い出した。あれはまだしずが生きていたころ。作兵衛の隠居前の秋のことだった。

屋敷の軒先にずらっと塩じゃけがぶらさがっていた。米を持ってきた小作の百姓ひとりひとりに、作兵衛は塩じゃけ一尾と餅を一升、手渡ししていた。

――一年、ごくろうさんだったな。来年もよろしく頼むよ。

――毎年、ありがとうごぜえます。

厳しい取り立てをする名主もいるが、作兵衛は自分の使っている百姓が病気になれば薬を渡し、子どもの奉公先の相談にも親身に乗る男で、みなに慕われていた。しずの葬儀にあれほど人が集まったのも、それゆえだろう。

今も、作兵衛は晴れた日には、知り合いの百姓たちに声をかけながら、自分の地所を見回っている。

そして月参りや法要などで慈恵尼に会うと、少しだけ、老いや生と死の話をする。そんな作兵衛を見ていると、懐かしい人を想う日に、自分はいかに生きるかということを考えるのかもしれないと思わされた。

作兵衛はしきりに昼餉を食べていくよう勧めてくれたが、しのぶのことが気になり、慈恵尼と和清尼は丁寧に断りを入れ、帰り道を急いだ。

「おなか、すきましたね。早く帰りましょう」

力尽きたような声で和清尼がいう。慈恵尼も、朝、もう少し食べておけばよかったと思った。作兵衛の家では、いつも菓子を用意してくれているので、今朝はふたりとも朝餉を控えめにした。

いつものように、煎茶にヨモギ餅やら団子や饅頭など、おなかにたまる菓子が出てくると思いきや、今日に限って抹茶と上品な干菓子二粒。干菓子は日本橋の名店のもので、若竹と花の繊細な細工も美しく、雪があわあわととけるような和三盆の甘さと味わいも格別だったが、腹の足しにはならない。

お土産にそら豆をもたせてくれたのは嬉しかったけれど、生である。

もう一度、和清尼がいう。

「朝、炊いたご飯が残っていますから」

「こんなときはにぎりめしか、お茶漬け。とにかく早く食べられるものに限るわね」

そのとき、向こうから一人の女が歩いてくるのが見えた。

よろけ縞《じま》の灰白色の小紋《こもん》に、淡い柳染色《やなぎぞめいろ》の羽織を着ている。髪はきれいになでつけられ、鼈甲《べっこう》の簪《かんざし》をさしていた。年は四十ころか。このあたりでは見かけないほど色白で、くっきりと華やかな目鼻立ちをしていた。

慈恵尼と和清尼は顔を見合わせた。

女がふたりに歩み寄り、すっと頭を下げた。流れるような仕草だった。

「このあたりにお住まいですか」

「ええ。この村の者ですが」

「つかぬことをお聞きしますが、しのぶという娘をご存じではありませんか。目黒川の近くに住んでいると聞いて、訪ねて来たんですが」

　しのぶの母、市太郎に違いない。

「おしのさん、存じ上げておりますが、お宅はあいにく……。でも私共の寺の門前におしのさんと親しくしている者が住んでおります。寺はここからすぐですの。私たちも今から寺に戻るところですので、ご一緒いたしませんか」

　ざわめく胸をおさえ、慈恵尼は柔和な表情でいった。市太郎であろう女はすかさず、手を横にふる。

「いえいえ、そこまでしていただかなくても。このあたりだと思うんです。もう少し、歩いてみればわかるんじゃないかと」

　一刻も早くしのぶに会いたいという気持ちが声から伝わってくる。自分を捨てて出て行った娘であっても、自分の目で無事を確かめずにはいられないという気持ちなのだろう。

　だが切羽詰《せっぱ》まった様子の市太郎と、縁切りを覚悟しているしのぶがいきなり出会ったら、のっぴきならないことになりかねないような気がして、なんとしてでも、市太郎を千光寺に連れて行かなくてはと、慈恵尼は思った。

「このへんは人通りも少なく、家と家の間もございます。それより、門前で聞いたほうが早うございます。さ、まいりましょう」

半ば強引にいうと、市太郎はようやくうなずいた。

昼になり、日差しが強くなっている。市太郎は額に浮かんだ汗を手巾《しゅきん》で拭きながら、自分はしのぶの母親の市太郎で、柳橋に住んでいるといった。

「おしのさんのおっかさんですか。それはそれは。柳橋とはずいぶん遠くからいらっしゃったんですね」

「朝早く家を出て、歩いてまいりました。目黒は遠い。しのぶがこんなところで暮していたとは……ずっと会ってなかったんですよ」

市太郎は足を止め、あたりをゆっくり見渡した。

「あの子は元気でおりますか」

「はい」

市太郎が慈恵尼を見た。きりっとした棗《なつめ》形の目がきれいだった。その目のまわりに細かな皺《しわ》が何本も刻まれている。

「……生きていてくれて、本当によかった……」

市太郎は胸をおさえてつぶやき、また歩き出した。

まさの店・大黒屋にたどり着くと、和清尼が店に入り、すぐにまさを伴って出て来た。

「おしのさんを訪ねていらしたんですね。じゃ、私、すぐに呼びに行ってきます。あ、私、まさといいます。おしのさんとはこちらに嫁に来られたときから、親しくさせていただいておりまして」

まさは慌てたようにいい、返事も聞かずに駆け出した。

「お待ちください。私も一緒に」

あっけにとられたものの、すぐに気を取り直した市太郎は、まさを追いかけようとした。それに気づいたまさが振り向いて、向こうからまた早口でいう。

「千光寺はこの村の女たちの座敷みたいなもんなんです。だから、お気遣いなく、千光寺で待っていてください。家よりゆっくり話ができますから」

慈恵尼と和清尼は目を合わせてくすっと笑った。

「座敷みたいなものですって」

だが市太郎はうつむいて低い声でつぶやいた。

「もしかして、わっちが来るとしのぶは……。迎えに行った、おまささんという人はわっちとしのぶの事情も？　……おまささんはどういう方ですか」

「懐の深い人なんですよ。みんなから頼りにされて。おしのさんもおまささんと気の置けない付き合いをなさっているんじゃないかと思います。さ、どうぞ。この石段を上ればすぐ寺ですので」

慈恵尼が促すと、しぶしぶという表情で、市太郎は付き従った。

石段を上りながら、市太郎は慈恵尼に確かめるようにいう。

「こちらは尼寺なんですね」

「はい。私、慈恵尼とそちらの和清尼が寺を守っております」

市太郎はうなずきながら、和清尼をうかがうように見た。和清尼はにこりともせず会釈を返す。

「女の身で仏門に入られて、さぞやいろいろなことがおありになったんでしょうね。……しのぶとは？」

「先日、はじめてお目にかかりまして」

「そうですか」

市太郎はそれから無言で足を運んだ。

境内には、子どもたちの声が響いていた。

慈恵尼と和清尼の姿を見つけると、子どもたちがわーっと集まってきた。

「庵主さま、お帰りなさい」

「お昼ご飯は食べた？」

「食べた」

「何して遊んでるの？」

「鬼ごっこ！」

「おままごと！」

　そのとき、さきと弟が丘を下ってくるのが見えた。さきは籠を背負っている。ひとりの子が大声でさきにいう。

「おさきちゃん、山で何してたの？　兄ちゃんが心配してたよ。このごろ、手習いにこないって。手習いを怠けてるって。休むなら休むって、お師匠さんにいわなきゃ」

　さきはその子をきっと見た。

「あたし、手習いやめるから」

　え～っと子どもたちが声をあげた。

「やめるの？　手習い、やめる人なんていないよ」

「謝儀《しゃぎ》、払えないから。やめるしかないの」

　さきは投げ捨てるようにいう。

弟の草太がさきの袖《そで》をひっぱる。

「ねえやん、腹減った」

「水飲もう」

「水なんか飲んだって腹はくちくならない」

「うちに帰ったら、おひたしを作ってあげる」

「毎日、草ばっかり。草なんて嫌いだ」

「いいから!」

さきは草太の手を握ると、井戸端に引っ張っていく。和清尼がそのあとを追いかけた。

慈恵尼は振りかえり、市太郎にいった。

「市太郎さん、しのぶさんがいらっしゃるまで、奥でいいですか。しのぶさんがいらしたら、本堂にご案内しますので」

「お手数おかけいたします」

勝手口から二人が中に入ると、さきと草太が板の間の上がり框《がまち》に疲れた顔で座っていた。そばに置かれた背負い籠には、スベリヒユやカラスノエンドウなどが乱雑に入っている。ふたりは食べられる草をさがして山に入っていたようだった。

和清尼はおひつをあけ、梅干しを入れたにぎりめしを作っていた。草太は和清尼から受けとると、すぐさまむさぼるように食べはじめた。さきはにぎりめしを見つめ、ごくりと唾を飲み込み、それからにぎりめしを慎重に半分に割った。

「草太、これも食べな」

「ねえやんは？」

「私は半分で十分。おなか……すいてないから」

そういったさきの肩に慈恵尼は手をのせた。さきの肩は薄く、骨ばっていた。

「おさきちゃん、もうひとつずつ作るから、安心して食べて。ああ、草ちゃん、おなかが痛くなったら大変だから、もっとゆっくり、よく嚙んでね」

さきは涙をこらえるように、唇を真一文字に引き結び、小さくうなずいた。

にぎりめしを作り終えると、和清尼は、豆皿にいれた梅干しとびわ茶をお盆に載せ、市太郎に「どうぞ」と手渡した。お茶を含み、梅干しを市太郎は口に入れる。

「まあふっくらとした梅干し……疲れが吹き飛ぶよう」

さきは二個目のにぎりめしを食べ終えると、草太を促して籠を背負い、さっさと外に出て行った。

さっきまでさきたちが座っていた上がり框に、市太郎は腰をおろし、ふうっと息を吐いた。慈恵尼と和清尼も、その横に座り、お茶で喉を潤《うるお》す。

「改めまして、わっちは柳橋に住む市太郎と申します。あそこで声をおかけしたのはたまたまでしたのに、ご親切にしていただき、いたみいります」

市太郎は深々と頭を下げた。江戸の真ん中で、一人の力で人生を切り開いてきたという自信と矜持《きょうじ》が話し方や立ち居振る舞いの中に感じられる。

「今は、三味線と長唄を教えておりますが、長いこと芸者をしておりました。唄、三味線、踊り……しのぶにも幼い頃からさまざまな稽古をさせたんですよ。なんとか独り立ちはしたんですけど……それがある日、ふっと家を出て行ってしまって」

「まあそうでございましたか。さぞご心配なさったでしょう」

「そりゃあ。ひとり娘、たったひとりの家族ですから。ずいぶん探したんですよ。まさか目黒で所帯を持って、野良仕事をしているとは思わなかった。しのぶに子は？」

「まだのようですが」

「……家を出て行った娘と、いったい何から話したものやら」

ひとりごとのように市太郎が続ける。

「何しろ、三年ですからね。しのぶに二度と会えぬまま、一生を終えるのかと、半ば諦めかけておりました。どこやらで元気にしていてくれれば、それで十分だと思おうともしました。でも薬売りから目黒にいると聞いた時は、すぐにでも飛んできたかった。しのぶの顔を見て、生きてることを確かめたかった。でも、しのぶは……わっちと会いたいときっと思っていないんじゃないかと。何も言わずに家を出ていっちまったんですから。一年後に手紙が一通だけ届きましたが……それもわずか三行だけ。詫びもなければ愛想もなし。自分は元気なので、探さないでほしいって、……何が不満だったのか。わっちの何が悪かったのか」

それから、市太郎は、しのぶのためにできることはなんでもやってきたのだといった。

「きついこともいいました。あの子のために。……なんでこんな薄情な娘に育っちまったのか。親も、せっかく身につけた芸事もすべて捨てるなんて。……迷いましたよ。ここにきていいものかと。でも……じっとしていられなくて、来ちまった……。親子って、なんなんでしょうね」

唇を嚙んだ市太郎の顔に影ができた。慈恵尼は顔を上げ、いたわるようにいう。

「いろいろご事情がおありだったんですね。ご心配もたくさんなさって。……寺におりますと、さまざまな悩みが持ち込まれ、親子とは案外難しいものだなあと考えさせられることがたびたびございます。……生まれた時から一緒に暮らし一番身近な人だから、お互い、すべてわかっている、わかってもらえているような気がしますが……たとえ親は子の幸せを願い、子どもも親の幸せを願っていても、気持ちがすれ違うこともあれば、心の痛みを覚えるところもそれぞれだったり。親だから子どもだからといってすべてわかりあえるというような、たやすいものではないのだなあと思わされます。市太郎さんの思うような生き方をおしのさんは今、してらっしゃらないかもしれません。けれど……おしのさんは、丈太郎さんと支え合って、仲良く暮らしていらっしゃるようですよ。一生を共にしてもいいと思える人をおしのさんが見つけたことを、喜んであげてもらえませんか」

市太郎はうつむいて答えなかった。

ぐうと和清尼のおなかが鳴ったのはそのときだ。和清尼は失礼といって、肩をすくめる。慈恵尼は立ち上がった。

「おなかがすいたわね」

「でも庵主さま、おひつは空っぽですよ。おさきちゃんたちのにぎりめしを作ったので」

「それじゃ、何か作りましょうか」

慈恵尼は市太郎を見た。

「おしのさんの好物は何ですか」

「しのぶの？　はて、何だったか。大したものを食べさせてなかったから。あの子は食も細くて……でも五目ご飯は喜んで食べていたような。といっても、私も忙しくて、そんなものを作るのは、お祝いやお祭りの時だけでしたが」

「五目ご飯を、作りませんか」

「え、今ですか？」

いぶかりつつも、市太郎は、和清尼が手渡した襷をかけ、前掛けを結んだ。

慈恵尼は、米を研《と》いで、ざるに上げた。

市太郎は短めのせん切りにした牛蒡を水に放す。人参もせん切り、椎茸も軸を取り薄切りにし、油揚げは熱湯で油抜きをして細切りにした。こんにゃくは薄切りにしたものを茹でてあく抜きをする。

羽釜に米と水、醬油、酒、みりん、砂糖、塩をひとつまみ入れ、ひと混ぜし、野菜と油揚げなどをすべて上にのせて、火にかけた。

一方、慈恵尼は、作兵衛の家からもらってきたそら豆をさやから出し、包丁の刃元で豆の黒い筋と薄皮を丁寧に除き、半分に割る。水、砂糖、塩をひと煮立ちさせた小鍋にそら豆を入れ、柔らかくなるまで煮て、冷水をはった桶に鍋ごとつけた。そら豆がくたくたにならないように急いで冷やすのだ。

「これ、もしかして」

和清尼が目を見張る。

「この間、佐和さんから教えてもらったそら豆の翡翠煮《ひすいに》。初物だから、作ってみようと思って」

慈恵尼が和清尼に微笑む。佐和は毎月精進料理を食べにくる女五人のまとめ役で、御殿山《ごてんやま》の料亭の大女将だった。

こんなときに、よく新しい料理を試す気になるものだと、和清尼は呆《あき》れたように慈恵尼を見た。

こんなときだから、新しい料理を試してみたいの。美味しい料理を食べたいのよ。

慈恵尼は心の中でつぶやき、ちょっと肩をすくめた。

寺は、生と死が交わるところである。今日のように人と人の生々しい事柄も持ち込まれる。

いくら尼であっても、常に慌てず騒がず、冷静でいることは難しい。美味しい食事をとることで、慈恵尼は自分を慰め、少しばかり甘やかしているのかもしれなかった。

しのぶがまさとともにやってきたのは、羽釜から白い湯気があがりはじめた頃だった。

庫裏は和清尼にまかせて、慈恵尼はしのぶと市太郎、まさを外陣に招いた。

「お久しぶりです、ご心配をおかけしてすみませんでした」

しのぶは強ばった顔で市太郎に他人行儀にいい、手をつき頭を下げた。しのぶは入ってきて以来、市太郎と一度も目も合わせない。

「元気そうでよかった。まったく、人の気も知らないで……」

しのぶは顔を上げずに、市太郎の声をさえぎり、硬い声で言った。

「私のことはもういないものとして放っておいてもらえませんか。私はおっかさんのように生きるつもりはありません。……丈太郎さんはこのままの私を好きだっていってくれました。野良仕事は慣れないし、大変だけど、私、やっと自分の居場所を見つけた気がしているんです」

「いきなり、おまえ、なんてことを……」

「ようやく、おっかさんが夢に現れることもなくなりました」

「夢に……」

「稽古が足りない、愛想が足りないと叱りつけるおっかさんに、私がひどい言葉を吐き散らす悪い夢。朝、目を開けると、涙がこぼれるような」

膝においた市太郎の手が小刻みに震え出した。

「わっちが全部、悪かった。おまえはそういうんだね。わっちはお前が望むような母親じゃなかった。だから、逃げたんだって。……女一人で子どもを育てるのがどんなに大変だったか。おまえはなにもわかっていない。おまえが人に指さされるようなことがないように、一人前にしなくてはとそれだけを思っていたのに。きつい言い方したのも、おまえのためだったのに」

しのぶはかっと目を開いて、市太郎をにらみつけた。

「いつも、おっかさんはそういう言い方をする……おまえのためにやっている。おまえのためにって。毎日、そういわれて、私がどんな思いを味わったか、わかってる？わからないよね。おっかさんがおまえのためにっていうたびに、私は自分を責められている気がした」

「おまえのためにということも、だめだっていうのかい？　おまえが幸せになってほしいと思うことの、どこが悪い」

しのぶは顎を上げ、天井を見上げた。目に涙がいっぱいだった。

「おっかさんの気持ちはわかってたよ。だから、おっかさんの思いに添うようにと、一生懸命、生きてきました。でも満足させることはできなかったよね。おっかさんの思うようには、私、なれなかったもの。指に血がにじむまで三味線を稽古しても、……必死でやっても、人よりうまくはなれなかった。苦しかった。情けなかった。申し訳ないとも思った。自分がいやにもなった。……私、精魂尽き果てたんです。柳橋ではもう生きていけなかった。柳橋から、おっかさんから、もう逃げるしかなかったんです」

しのぶの頬にぽろぽろ、涙が伝っていく。

「おっかさんにはやってもできない者の気持ちなんてわからない。おっかさんは唄も三味線も踊りもなんでも上手にできるから。上手な人がいれば、どれだけやっても下手なままの人もいるの。うまくなりたいといくら思っても、手が届かないの。それが私。……でも、今、私、ほっとしている。毎日、自分はだめだ、劣っているって思わずにすむから。丈太郎さんは優しいし、お姑さんとお舅さんはほがらかで……。手の爪には泥が入って、いくら洗ってもとれないことだってあるし、手はもうがさがさ。顔も日に焼けて真っ黒よ。日照りの日は一日が終わるとくたくたで、ものもいいたくなくなる。でも私、よく笑うようになった。……おっかさんは、こんなのが幸せだなんて思わないでしょ」

しのぶは挑むように、市太郎を見た。市太郎が何度も瞬《まばた》きを繰り返す。そして絞り出すようにいった。

「おまえにそんな思いをさせていたなんて。大切に思っていたつもりなのに……でも、おまえの顔を見れば、幸せだってわかる……」

「え？」

「わかるよ。大事な娘だもの」

「……おっかさん、変わったね。私がこんなことをいったら、怒りだすと思った。そういう人だったもの」

「……さっき、こちらの庵主さまにいわれたことが心に残ってねえ。……おまえの幸せを喜んであげてほしいって」

驚いたような顔で、しのぶは市太郎と慈恵尼の顔を見た。

和清尼がお膳を運んできた。

しのぶと市太郎の前に真っ先にお膳をおく。

「おしのさん、お昼食べてないでしょう。私たちも月参りに行ったきりで、おなかがぺこぺこなの」

慈恵尼はいった。

お膳には、五目ご飯といんげんのおひたし、豆腐の味噌汁、そら豆の翡翠煮が並んでいた。

「とても食べられません。こんな話をしているのに」

「そうおっしゃらず、ひと口だけでも召し上がってくださいな」

しきりに勧められ、しのぶはようやく箸をとった。

五目ご飯を口に入れたしのぶの箸が止まった。

「これ……」

「ええ。市太郎さんがこしらえてくれたんですよ」

慈恵尼がいった。

しのぶと市太郎は黙って食べた。やがてどちらの目も潤みはじめた。

ちゃんと育てなければと思うと、親は口うるさくなってしまいがちだ。他人の子であれば気にならないことも我が子となると、放っておけなかったりもする。子どもは子どもで、他人に注意されれば何でもないことでも、親にいわれればこたえることもある。

親子とはいえ、生まれた溝が、いつのまにか驚くほど深くなっていたりする。親子であるがゆえに、許し合うことが難しかったりもする。

なんとかわかり合いたいと思っていても不器用な者同士、どうすればいいかもわからず、まったなしで日々は過ぎゆく。

しのぶも、市太郎も、ゆっくりと、けれど一粒残さず五目ご飯を食べた。

お膳を片付け終えると、境内から盛大に妙な音が聞こえた。

ピーピー笛だ。

しのぶは立ち上がり、境内におりると、すみに生えていたカラスノエンドウのさやをいくつか採ってきた。そのひとつで、笛を作る。

「この遊び、おっかさん、知ってた?」

「ああ、笛を作って音を鳴らすんだろ」

「この間、庵主さまにやり方を教わったの。私、やったことなかったから」

「わっちもそれで遊んだことはなかったねぇ。子どものころは稽古稽古だったし」

「おっかさんも?」

「わっちは置屋のおかみさんに育てられたもらい子だからね、それどころじゃなかった。同じくらいの年頃の子と遊んでみたかったよ。……おまえにも、わっちはそういう思いをさせちまったんだねえ。……堪忍してくれないかい?」

こういうときに、しゃらっと謝ってしまえるのは江戸っ子ならではの気っぷのよさなのか、あるいは母親というものがそうなのか。

けれど、一度謝ったくらいで、傷ついたしのぶの心も簡単に癒えるものではない。

慈恵尼は黙って、しのぶの表情をうかがった。

しのぶはこたえる代わりに市太郎にさやをひとつ渡し、作り方を教えた。

それからふたり、顔を見合わせながら、ピーピーと鳴らした。

しのぶはこれから、しのぶの世界で生きてゆく。市太郎がしてやれるのは黙って見守ることだけだ。いや、もうひとつ、市太郎がひとりでも生き生きと自分の暮らしを楽しんでいる姿を見せてやるということがある。市太郎はそれがわかっているだろうか。慈恵尼は静かに息を吐いた。

ふたりをじっと見つめていた和清尼の黒目がふっと揺れた。

「生きていれば……こんな時間も持てる」

和清尼の口から、ぽつりとつぶやきがこぼれた。

第三章
梅の実、香る

一

「暑いわねぇ」

慈恵尼は、朝の読経《どきょう》から戻ると、手拭《てぬぐ》いで額の汗をおさえながらいった。梅雨もまだというのに、和清尼も鼻の頭に丸い汗粒を浮かべている。

「先が思いやられるわ。まだ五月だっていうのに。お天道様に文句をいってもしょうがないけど」

無念無想の境地にいたれば、火さえも涼しく感じられる、心頭滅却《しんとうめっきゃく》すれば火もまた涼しという、どのような困難、苦難も何でもないという意味の言葉もあるけれど、暑いものは暑い。

暑さを和らげてくれるのは、やはり、涼し気な食べ物だった。

「おまささんからもらった天草《てんぐさ》、まだありましたよね。今日、使いきってしまいましょう」

「いいですね。いらっしゃる方が喜びますよ、この暑さじゃ、何人集まるかわかりませんけど」

この日は、女たちの集まる五のつく日だった。陽にあぶられながら遠くから歩いてくる女が何人いるか、あけてみるまではわからない。

しかし時刻になると、四人の女たちが揃った。みな、汗びっしょりでほてったような顔をしている。

「おひとつ、召し上がって、ほてりをとってくださいな」

竹筒を井戸につるして冷やしたびわ茶と、ところてんをだすと、女たちの表情がふーっとやわらいだ。

水洗いした天草とたっぷりの水、酢少々を鍋にいれ、煮込んで溶かし、細かいざるでこして、冷やし固め、突き棒で突いたところてん。気をつけるのは、あくをまめにすくいとるだけという簡単な一品だが、つるりとした冷たいのど越しと、ほんのりとした海の匂いが好ましい。辛子をぴりっときかせた酢醤油をかけると格別だ。

口々に「生き返る」などとつぶやきながら、女たちはぺろりと平らげ、少しばかり寛《くつろ》いだ表情になった。

話を切り出したのは、年のころ三十くらいの、日本橋浜町《はまちょう》から来たという小柄な女だった。

「おっかさんの話をさせてもらいます。おっかさんは丈夫で、風邪ひとつ、ひいたこともなかったんです。ですが、昨年末に体調を崩し、それから床につき、あっという間に死んでしまいました。家は兄さん夫婦が継いでいるのですが、私は出戻りで、看病は私が一手に引き受け……。おっかさんと私は本当に仲がよかったものですから、寂しくて」

半年前に母親を病気で亡くしたのが辛い、という話だった。

「明るく強い人で、私たち子どもの前ではおっかさん、決して弱いところを見せませんでした。ですから、私もめそめそしたりせず、いつもおっかさんの前では笑っていたんです。亡くなってからも、私がぐずぐずめそめそしていたら、おっかさんが悲しむだろうと気を張ってきました。でも本当は毎日切なくて……。日が経つにつれて寂しさが増していくようで。一人でいると、このごろは涙が止まらなくて。おっかさんはもうこの世にいなくて、二度と会うことができないんですよね。そう思うと胸が張りさけそうで、どうしていいかわからないんです」

そういうなり、女は手巾《しゅきん》で顔をおおった。

隣に座っていた年配の女が深々とうなずいた。浜町の女の亡くなったという母親よりもだいぶ年上だろう。

「わかります。ましてまだ半年ですものね。無理ありませんよ。私はおっかさんを亡くして三年になりました。ついこの間のような、ずいぶん昔のような。この三年、どうして暮らしてきたのか。ほとんど覚えてないんですよ。私もこの話をさせていただきたいと思ってまいりましたの。……悲しみというものは、なくならないんじゃないかって気がして。……おっかさんは、八十五まで生きてくれたんですよ」

女たちからほーっと声が漏れ出た。

「それは本当に長生きでいらっしゃる」

「大往生ですね」

年配の女はうなずいた。

「ええ。人生五十年といわれる世の中で、八十五まで生きてくれたおかげで、私は還暦過ぎまで、娘でいられました。それだけでも幸せだってわかっているんです。けれど……こんなに寂しいなんて、思ってもみなかった。私とおっかさんは、そちらさまのように、すごく仲がいいわけではなかったのに」

浜町から来た女に苦笑して見せる。

「子どものころはよく叱られましたし。おっかさんは自分の思う通りにならないと当たり散らすようなところもあって、いやだなと思うこともありました。年をとってからは、よけいに頑固《がんこ》になって、こうと決めたら誰が何をいってもきかない、そのうえ、口うるさくて……。でも死なれちまうと、もっとおっかさんに優しくできなかったのかって、自分を責めちまって。苦しいんですよ」

女の母は、同世代の友人が櫛《くし》の歯が欠けるように減っていくのをひどく寂しがっていたという。

「長生きをすれば、仲がよかった友人の体がきかなくなったり、茶飲み友だちが病を得たりして、行ったり来たりすることが少なくなります。年だもの、亡くなる人もいますよね。けれどおしゃべりが好きだった母は、今日も誰も遊びに来なかった、誰ともしゃべってないと、繰り言のように毎日、何度も何度もいって。それを聞くのがつらいから、私もついつっけんどんにいいかえして」

――長生きしていればそうなるに決まってるじゃない、どうにもならないことをぐずぐずいってもしかたないよ。

「くどいから、うんざりしていたんですよ。……でもね、今になって、その気持ち、しみじみわかるんです。おっかさんが死んで間もなく、私の仲のいい友達が二人、続けて亡くなったんです。私も六十四ですから、そんなの当たり前、よくある話だって人は思うだろうけれど。人が亡くなるって、もう会えないというだけじゃない。一緒に笑ったこと、遊んだこと、泣いたこと……覚えているのは、もう私だけ。二度と誰とも分かち合えない。その人との思い出も、一緒にあの世にいっちまうみたいなんですよ。胸の、今まで思い出がつまってたところにぽかんと穴があいちまって、そくそくと、さびしいんですよ。……相手が娘だから、心を許して、本音をもらしていたかもしれないのに。なんであのとき、おっかさんにもっと親身になってやれなかったんだろう。……ほんとに寂しいね、でもおっかさんの友だちはみんな、自分たちの分までもっと長生きしてよって、きっと、応援してくれてるよ、みんな、おっかさんのことが大好きだったもんね、どうしてそんな風にいって慰《なぐさ》めてやれなかったんだろうって、自分が許せないんですよ」

するると、前に座っていた四十がらみの女が身を乗り出して、年配の女を見た。げっそりやせて、目のまわりがクマになっている。

「もうちょっと何かできなかったかって自分を責めているのは、私も一緒です。私はちょうど十年前の冬に、おっかさんを亡くしましてね。私は婿取りで、おっかさんと一日たりとも離れたことがなかったんです。姑《しゅうとめ》に仕えることもなく、気楽な暮らしでした。夕餉のおかずは毎日、おっかさんが作ってくれて。私の子どもや孫の面倒も見てくれて。毎年、私の浴衣《ゆかた》も縫ってくれて……。おっかさんに甘えて頼りっぱなし。子孝行の親をもったことを神様に感謝しろって、友人たちにいわれたほどでした。その日、おっかさんが胃がむかむかするというので、医者に来てもらって薬を処方してもらったんですよ。けど、夜になって、今度は背中がひどく痛むっていいだして、私が医者を呼んでくるといったのに、朝になってからでいいと、おっかさんが止めたんです。……こんな夜中に医者を呼びに行くのも大変だ、医者が来てくれるかもわからない、おまえが風邪をひいたらかわいそうだ、って……。そうして、おっかさんは朝が来る前に死んじまったんです」

「お気の毒に」

「なぜ、あのとき医者を呼びに行かなかったのか。おっかさんがいいといっても、私が家を飛び出していけばよかったんです。そうしたら助かったかもしれなかったのに。我慢強いおっかさんがあれほど痛がっていたのに。……すぐに死んじまうなんて思わなかった。そうして見殺しにしてしまった。苦しい息の中で私が風邪をひかないようにって思ってくれるような、娘思いのおっかさんを。……私はとんでもない親不孝者ですよ。……それからはずっと、自分を責めて、生きてきました。自分が許せないいんですよ」

最後に口を開いたのは、四十代半ばの武家の女だった。

「お三人のお話を伺い、最後まで自分として生きることができたお母上様をお持ちで、なんてお幸せなんだろうとうらやましくなりました」

一瞬、場が白けた。悩みを打ち明けたのに、幸せというとはどういうことだと、先に話をした女三人の顔に書いてある。

武家の女はしゅんと洟《はな》をすすり、前を向き直した。

「私の母は、凜として気高く、汚い言葉など一度も使ったことのない人でした。厳しい姑にもしっかり仕え、できた嫁として近所でも評判で、あの母親の娘なら間違いないといわれましてね、私も良縁に恵まれました。舅《しゅうと》姑と父を見送り、兄が嫁をもらってからは、嫁や孫もかわいがり、母は穏やかに暮らしておりました。ですから兄夫婦に相談されたときには正直、信じられない思いがいたしました。母は六十過ぎて、物忘れも増えていましたが、私の前では温厚な母でしたから」

――このごろ、母上の様子が変わってきた、汚い言葉で人を罵《ののし》り、つまらないことで怒り、ものを投げつけてきたりするので、困っておる。

「兄嫁に特につらくあたるということでした。兄嫁は私の友人で、おっとりして、明るい人なんです。世間では嫁姑は仲が悪いものといわれますけれど、兄嫁は母をたててくれ、母も兄嫁をかわいがり、長年、仲睦まじくやっていたんです。それが、どうしてそんなことになるんだろうと、すぐには信じられませんでした。母が私に見せる顔と、兄夫婦から聞く母の様子が違い過ぎておりました。そのうち母も、兄嫁からひどいことをされていると私に訴えるようになり、私ばかりでなく顔を見に来る親戚や近所の人にも母は「嫁が私を叩く」「金を盗む」などと訴えるようになりました。……本当にお恥ずかしい話でございます」

慈恵尼は、涙をこらえるように口を閉じた武家の女を促す。

「恥ずかしいことなどではございませんよ。どうぞ、お話しください」

「兄嫁だけでなく兄にも、母がひどい言葉をいったり、ものをぶつけたりするようになってしまったと聞いた時、自分の目で母の状態を確かめなければと思いまして、母に内緒で実家に泊まり込んだんです。兄嫁は食事を作り、食べさせ、着替えから母の体を拭くことまで、かいがいしくやってくれておりました。すると……耳をおおいたくなるような罵声が母親の部屋から聞こえてきました」

――その着物、私のじゃないか。なんでお前が着ているんだ？　おまえにやった覚えはない。私の着物を盗んだな。

——母上のお着物はこちらにございます。この利休茶の着物は以前、母上が自ら、私に選んでくださったものでございます。

——いや、私の着物だ。騙《だま》されない。おまえは泥棒だ！

——母上、どうぞよくご覧になってください。

——うるさい。私の大切な着物をよくも。脱げ！　返せ！　泥棒！

それからばたんと激しくたたきつけられる音がした。あわてて部屋に入っていこうとした女を兄が止めた。自分が行く、ことの次第を黙って見てほしい、と。

兄が部屋に入っていくと、また母が叫んだ。

——おまえの嫁は泥棒だ。おまえが盗めといったんだろ。

「母は延々と怒鳴り続けました。……優しい兄夫婦がそんなことするはずがないのに。兄夫婦が気の毒で……家が近いものですから、少しは兄夫婦の助けになりたいと、それから私も毎日のように母のところに通いました」

すると母親にまた変化が生じた。それまで穏やかだった母が、女にも次第に、乱暴な口をきくようになった。

「お金など預かっていないのに、預けた金を返せ、といったり、この役立たず、とものをぶつけられたり。誰のおかげであの家に嫁に行けたと思っているんだ、といわれたこともありました。最後のころには私が誰かもわからなくなり、おまえは誰だ！　勝手に家に入るな！　出ていけ！　と怒鳴るようになって」

「どなたかに相談なさったりはしなかったのですか？」

　慈恵尼が尋ねる。

「いたしませんでした。こんな母親になってしまったことを、近所にも親戚にも知られるわけにはいきませんでした。家の恥ですもの。孫やひ孫の縁談にも関わります。……それでも、毎日がつらくてみじめで、母を連れていっそ死んでやろうかと思ったこともありました」

　背筋を伸ばし、淡々と語る武家の女の話に、みな、声もなく耳を傾けている。

「そこまで追い詰められて……よく思いとどまってくださいました」

　慈恵尼がいうと、女は顎を上げ、天井を仰いだ。

「私には帰る家がありましたから、まだよかったのです。兄夫婦は本当に気の毒でした。母がいる家から逃げられないんですから。ずっと縛り付けられて、心の休まるところがなかったとも思います」

「それでお母上は？」

「二月前に亡くなりました。卒中で倒れて、数日後に。……少しは期待していたんですよ。死ぬときに、これまでのことを謝って、お礼をいってくれるかもしれないって。でも「ありがとう」も「すまなかったね」もなかった。情けないやら悔しいやら。……温厚だった母と、見るもあさましかった晩年の母。本性はぼけた後の母なのか。それを考えると、今も胸が締めつけられるようにつらくて」

女は胸に手をあて、深々と息をついた。

二

そのときだった。

「こんにちは」

開け放している入口から男の声がした。

「あら、静馬先生」

若い男が顔をさしいれ、こっちに向かって手をあげている。白金に住む、長崎帰りの医者・影山静馬だった。

頭をそり上げている医者が多いが、静馬は総髪《そうはつ》を無造作にひとつに束ねている。よれよれの着物に袴《はかま》という格好は浪人のようでもあるが、医者としての腕は確かで親身になってくれる良医と評判だった。

「突然、訪ねてきてしまって。近くに往診があったものですから」

頭をかきながらいった静馬に、慈恵尼が立ち上がり、駆け寄った。

「……何かご入り用でしたか？」

「ゲンノショウコを分けていただきたくて。急にこの暑さですからね。胃腸が弱っている人が増えていて」

「すぐにご用意しますね。和清尼、お願いします」

この時期から秋にかけて、白や紅紫の小さな花を次々に咲かせるゲンノショウコは、「現之証拠」という名からもわかる通り、よく効く薬草だった。葉、茎、花を乾燥させたものを煎じて、下痢止めや健胃に用いる。

和清尼は奥に向かう。薬草は十分に乾燥させ、茶箱に保管していた。

「この間に、薬園を少し拝見してもいいですか」

静馬がいう。

「どうぞ、ご覧ください」

慈恵尼はそう答えると、一瞬、考え、女たちに声をかけた。

「みなさまも、うちの薬園をご覧になりませんか。さまざまな薬草を少しずつ植えておりますの」

女たちはかぶってきた日よけの笠を手にとり、外に出た。本堂の脇を抜け、勝手口を通り過ぎ、奥に向かう。そこに薬園があった。

静馬は薬園の手入れをしていた下男の与平と話をしていた。子どものころから剣術道場に通っていた静馬はがっちりした体をしている。今も、よく木刀をふりまわしているらしく背筋がすっと伸び、立ち姿も精悍《せいかん》だ。

与平は小柄な男だった。背丈は静馬の肩にも届かない。百姓の三男で、生まれつき、右足が曲がっていたために、なかなか奉公先が見つからなかったという。それを哀れに思い、先代の恵桂尼が下男として雇い入れた。今は寺の裏の小さな家に、老妻のしげと二人暮らしをしているが、娘三人、息子二人、孫十三人という子福者だった。六十を過ぎた今も、一緒に暮らそうという長男の誘いを断り、千光寺の雑用と薬園の管理を引き受けていた。

「ボウフウ、よく茂ってますね。少し、分けてもらえませんか。これから風邪が流行《はや》りだしそうな気がするんですよ」

静馬は慈恵尼にいった。ボウフウは根の部分に薬効があり、発汗、解熱、鎮痛に用さい」


いられることが多い。

「夏風邪ですか？」

「ええ。西のほうではもう流行っているそうで」

「夏風邪はしつこいですものね。ボウフウ、残っているはずです。どうぞお持ちください」

「でしたら、あっしが和清尼さんに伝えてきますさぁ」

与平は一礼すると、寺に戻って行った。

女たちは、見事に咲いているナルコユリやスイカズラに目を止めた。

「きれいですこと」

「いい匂い」

「あら、庵主《あんじゅ》さま、百合にも薬効があるんですか」

浜町の女がそこに植えてあるものを指さし、振り向いて尋ねる。花はまだだが、葉だけで百合と気づいたようだ。慈恵尼は大きくうなずいた。

「ゆり根の鱗茎《りんけい》を蒸してから乾燥させると、生薬になるんです。百合と書いてビャクゴウという生薬に。効能は……静馬先生、教えてあげてくださいな」

静馬は自分が？　というように、自分の鼻の頭を指さした。

「えっと、咳を止め、痰をきりやすくしてくれるんです。それから、気持ちを落ち着ける鎮静作用もあるので、動悸《どうき》がしたり、寝つきが悪いときなどにも、処方するんですよ」

「先生、ひどく機嫌が悪くて、怒りっぱなしの人が治る薬はあるんでしょうか。私、芳乃《よしの》と申します。名字はご容赦くださいませ」

晩年の母親にふりまわされた武家の女が静馬にたずねた。

「怒りっぱなし……もともと短気だったんですか。それとも、それまでは怒ることもなかったのに、怒るようになったんですか」

「とても温厚な人だったんですが……」

「もしかしてご年配でしょうか？　少し頭がぼんやりしているとか……」

静馬は芳乃を見ながらいった。芳乃はうなずいた。

「ええ、そういうことでございまして」

「年をとり、そうなってしまうと、イライラして、怒りやすくなる人が多いんですよ。それもお嫁さんや娘さんなど、気を許して安心できる人に怒りをぶつけてしまう。いつも世話をしている人にだけ、ひどいことをいったりする。ですから、面倒を見るほうはたまりません。そういうことでは？」

「まさに、おっしゃる通りで……」

「患者さんの家の方から相談をうけて、少しでも穏やかな気持ちで過ごせるように、いろいろ薬を試したことがあるんです。もちろん、よく使われているものばかりですが。……中でもよく効いたのが、抑肝散《ヨクカンサン》でした」

「抑肝散?」

「赤ん坊の夜泣きや血の道などに使われる薬です。肝の高ぶりを抑える作用があるんですよ」

「処方されているのは確か、当帰《トウキ》、釣藤鈎《チョウトウコウ》、川芎《センキュウ》、蒼朮《ソウジュツ》、茯苓《ブクリョウ》、柴胡《サイコ》、甘草《カンゾウ》でしたか」

慈恵尼が口を挟《はさ》んだ。静馬が苦笑した。

「庵主さま、よくご存じで」

「でも、抑肝散がお年寄りにも効くなんて、私、知りませんでした」

慈恵尼がつぶやく。

「効く人には効くんです。他の薬が合う人もいますが」

「ぼけに効く薬があるとは……なにごとも、その道の人に相談してみることですね」

「あ、ぼけには効かないんですよ。庵主さま」

「ぼけを止めはしない？」

「残念ながら、ぼけは少しずつ進みます。しかし、合う薬が見つかれば、ぼけと一緒に出てくる気持ちの高ぶりを多少和らげることはできるんです」

芳乃がはっとしたようにいう。

「そんなことができたなんて……今の今まで知らなかった。それができたら、あのような月日がなかったかもしれないのに」

ぽろぽろと目から大粒の涙が溢れでる。静馬は芳乃を見つめた。

「どなたかの看病をなさっていたんですか」

「母を。ぼけて、ここまで人が変わるとは思いませんでした。……最後の二年は地獄のような日々でした。それまでの穏やかな暮らしは消え、みな疲労困憊《こんぱい》し、毎日が虚《むな》しさとの戦いでした」

芳乃は、ぼけとともに、暴言と乱暴を働くようになってしまった母のことを静馬に打ち明けた。耳を傾けていた静馬は、芳乃の話が終わると、低い声でいった。

「お気持ち、お察しします。お母上が変わっていく姿を目の当たりにするのは、さぞや、おつらいことだったでしょう」

「先生、薬で和らげられるということは……母のイライラや怒りは、病だったということなのでしょうか」

静馬は腕を組んだ。

「どうなんでしょうね。病とまでは……疳《かん》の虫のようなものではないかと、私はとりあえず、思っているんですが」

疳の虫とは、子どもたちが引き起こす癇癪《かんしゃく》のことで、たとえば赤ん坊が突然泣き出して、あやしても何をしても泣き止まないようなことをさす。

「何が嫌なのか、赤ん坊は言葉でいえないから泣きじゃくる。ぼけがはじまった人にも、それと似たようなことが体や頭の中で起きているんじゃないかと思うんです。自分でどうすることもできない嫌な感じがして、気持ちの整理がつかないから、怒り出す、というように。……ぼけている人は何もわからないわけではないんですよ。自分がぼけかけているって、わかっている人も多いようなんです」

静馬は親しくしていた隠居から相談されて、そのことを知ったのだという。

——先生、私もぼけてきちまいましたよ。これからどうなるのか。昨日わかっていたことが今日わからなくなるのか。明日はわからなくなったことも忘れ、そのうちにこれまでのことをすっかり忘れちまう日がくるのか。そしたら、自分はどうなるんですかね。一所懸命、働いたことも、子どもたちをかわいいと思っていることも、孫が大きくなるのを楽しみにしていることも、女房と一緒になった日のことも、友だちと遊んだことも、どこかへいっちまうんでしょうか。そうして何もかも忘れたら、残っている自分は誰なんですか。……これから自分が壊れて、粉々になっていくかと思うと、情けなく、心細く、やりきれなくて、気がおかしくなりそうでさ。

隠居は切々と静馬に本心を打ち明けた。

「私が開業した時からの付き合いで、ずいぶん面倒を見てもらった人でした。大きな店の主で、奉公人にも慕われ、同業者たちからも一目置かれる、懐の深い人でした」

「自分がぼけている、ぼけがもっと悪くなるかもしれないって……母もわかっていたんでしょうか」

芳乃は頰《ほお》に手をあてた。静馬はいう。

「ぼけていなくても、年をとればできなくなることが増えていきます。みんなと一緒に歩いているつもりが一人、後れをとったり。膝や腰が痛くて、そもそも歩くことができなくなったり。重いものを持てない。字が震える。人の名前が思い出せない……がっかりしますよね、今までできたことができなくなるんだから。自分がそうなったらと考えてみてください。悔しいし、悲しいし、無力感にもさいなまれる、死の足音も聞こえているかもしれない……やりきれず、喚《わめ》き散らしたくなるかもしれない。人にあたったりするかもしれない。気持ちを鎮める力が衰えてしまえば、一度興奮しだすと、自分ではもう止めることもできなくなるのかもしれない」

「年寄りの疳の虫ですか……母もそうだったのかもしれません。そうだったんだという気がしてきました。それに気づいていたら、もっと優しく出来たかもしれなかったのに。冷たい目で母を見なくてすんだかもしれなかったのに」

「芳乃さんとお兄さんご夫婦にお母上があたったのは、そのお三人が、お母上がしんから心を許せる人だった。甘えられる人だったからなんですね。きっと心の奥底では、お三人に感謝しておられたに違いありません」

慈恵尼が静かにいった。芳乃が両手で顔をおおった。慈恵尼はその背中をゆっくりさすった。

「静馬先生、そのご隠居さんを、どうやって慰めなさったんですか」

芳乃が顔をあげて尋ねた。

静馬はふうっと息をはいて、空を仰いだ。真っ青な夏空に、もくもくと入道雲がわいている。

「気の利いたことをいえればよかったんですけど……」

——何が起きようと、ご隠居の立派な生き方を私も家の方々も、奉公されている人たちも忘れませんよ。それに、まだまだ時間はある。ぼけがひどくならないかもしれない。これまでのように、いや、これまで以上にご隠居は今という時を大切に味わって、一日一日を丁寧に生きてください。長く生きてこられた人生の先輩として、その生きざまを私たち若僧に見せてください。

　隠居は、静馬の手を両手で握り締め、しばらく泣いていたという。

「でもね、そのご隠居、本当にぼけたんじゃなかったんですよ。物忘れがひどくなっただけで」

　静馬はけらけらと笑った。

「わかんないものなんです、患者さんの寿命がわからないのと同じように。ご隠居、今もお元気でお過ごしなんですよ」

「医者でも患者の寿命はわからないんですか」

　夜中に母を亡くした女が尋ねる。

「ええ。わからないです。もうだめかもしれないと思っても、回復する人もいますし、まだがんばれるだろうと思っていた人がふっと逝《い》ってしまったりする。医者になって患者さんを診るようになって改めて、人の命は強く、はかないものだと思うようになりました」

「それにしてもお若いのに、先生は年寄りのことをよくわかってらっしゃるんですね」

八十五で亡くなった母親を今も思っている、還暦過ぎの女がいった。

「両親が忙しかったものだから、じいさんとばあさんに育ててもらったようなもので。年寄りが好きなんですよ。ここに来るのも、薬を分けてもらうだけでなく、庵主さまの顔を見たいからで」

ちらっと静馬は慈恵尼を見た。四十九の自分をも、静馬は年寄りの仲間に入れているらしいと、慈恵尼は苦笑した。

「ご隠居にいった言葉も、実は、庵主さまから聞いたことの受け売りでしてね」

「あら、気がつかなかった。私、そんなこと、いいました？」

「前におっしゃったじゃないですか。年を重ねたら、これまで以上に今という時を大切に味わって、一日一日を丁寧に生きていきたくなった。長く生きてきた人生の先輩として、若い人たちの力になりたい、って」

慈恵尼はぽんと手を打った。

「思い出しました。確かにいいました。去年のお正月でしたかしら。ああ、よかった。ついに物忘れが始まったかと思って、心配してしまいましたわ」

みなの笑い声が空に抜けていった。

三

本堂に戻ると、和清尼はゲンノショウコとボウフウの包みを用意していた。

「静馬さんもお昼、ご一緒にいかがですか」

「そうしたいのはやまやまなんですが、患者さんたちが待っていると思いますので、戻ります」

「そうおっしゃると思って、にぎりめし、用意しておりました」

和清尼がすかさず、竹の葉で包んだ大きなにぎりめし二個をさしだす。

「これはかたじけない。ありがたく頂戴していきます」

石段を駆け下りていく静馬を見送り、女たちはまた外陣《げじん》に戻った。びわ茶で喉を潤した後、みなでご本尊に向かって手を合わせ、読経をする。

和清尼がお膳を次々に運んできた。

「簡単なものですが、どうぞ召し上がってください」

慈恵尼が声をかけるとみな、箸をとった。お膳には、具がたっぷりの素麺《そうめん》と、透き通るような緑色のおひたしが並んでいる。

しんなりするまで揚げ焼きにした茄子と大根おろしをつゆにつけこんだものをのせた、揚げ茄子のおろし素麺には、あぶって細切りにした油揚げと青じそをちらしてある。

「茄子がとろとろで、おいしいこと」

「このおひたしは？」

「ミズです」

慈恵尼がいうと、浜町から来た女が首をかしげた。

「ミズ？」

「正式な名前はウワバミソウといいますが」

「大酒飲みの大蛇ですか」

「そのウワバミが住んでいそうな、うっそうとした場所に生えているんですよ」

このあたりでは、目黒川べりの、大木が生い茂り、じくじくしているようなところに、ミズは深緑の葉っぱを伸ばしている。

青臭さがなく、さっぱりとみずみずしい味わいと、しゃきしゃきとした歯ごたえが嬉しい山菜だ。昨日、まさがずっしりと重くまっすぐなミズを届けてくれたのである。

稲妻のようについている葉をおとし、薄皮をしゅるしゅるとむき、さらっと茹でて食べるおひたしが何といっても美味しい。

「人の最期はさまざまですが、みなさまのお話をお聞きして、残された者の寂しさというのはどこか似ている気がしてきました」

箸をおいた芳乃がぽつりといい、続ける。

「先ほど、私が失礼なことをいってしまったこと、お詫び申し上げます。悲しみの大きさなど、はかれるものでも、比べられるものでもありませんのに。みなさまにうかつなことを口にしてしまって。……私は……母から実は疎《うと》まれていたから、あんな仕打ちをうけたのではないかとずっと苦しんでおりました。暴言を吐き続けるのが母の本性で、温厚な顔は仮面であったのではないか、と。母を許せないとも怒っておりました。けれど、みなさまと、庵主さまや静馬先生の話をお聞きして、母もつらかったのだと感じ入りました。機嫌がいいときには、私に何度か、ぼけてるでしょ、私？と母が聞いたことがあったことも思い出しました。涙を流しながら暴れていたこともありました。母にされたことばかりをあげつらい、母の本当の気持ちに気《き》づけなかったことが今は悔やまれてなりません。でも……おかげさまで、何か憑《つ》き物がとれたような気がしています。母を失った寂しさを今、私ははじめて嚙《か》みしめているのかもしれません」

浜町の女が慈恵尼を見た。

「庵主さまはどう思われますか。人を失った悲しみを手放せない私たちを」

慈恵尼は唇を閉じ、考え込んだ。

「大切にしていた人、育ててくれた人、いつも優しくしてくれた人……そういう人が亡くなれば悲しいのは人として当たり前だと思います。なかなか立ち直れないという気持ちもわかります」

「庵主さまもそんな思いをされたことがあるんですか?」

「……私を育ててくれた先代を亡くした時は、本当に寂しく、心細い思いになりました。ああ、これから私は、この寺で一人で生きていかなくてはならないんだって。……でもそれまで看病をしていた私に先代が、人は老い、病み、死んでいくという厳粛な事実を、身をもって示してくれたような気もしたんです。最後、先代は下の世話も人の手を借りるようになりましたが、それも含めて、歳を重ねた者の姿を見せてくれた、と。長く生きれば、誰もがそうなるのですから。先代は、いよいよとなったとき、「臨終正念《りんじゅうしょうねん》」とつぶやきましてね」

臨終正念とは、生命の終わりに臨んでも、心が乱れることがないという言葉だった。

浄土宗の教えでは、人は死んだら阿弥陀様のいる浄土に行く。浄土は、苦しみはなく安楽だけがある場所だ。

「あるがままの自分をすべて受け容れ、先代は浄土に参られるのだと思いました」

「母も浄土にいるんですよね。ほんとに浄土はあるんですよね」

夜中に母を失った女が尋ねる。

「大事な人の命の行方を考えずにはいられませんよね。本当にあるかどうか。私も、実際に浄土に参ってきたわけではありませんが、みなさん、亡くなった人に向かって「そのうち私も行くから待っててね」「向こうから見守っていてね」などとおっしゃいますでしょう。私も浄土があってほしいと思っています」

「尼さんなのに、あってほしいだなんて」

女たちが苦笑した。慈恵尼もつられたように笑う。

浜町の女が静かにつぶやいた。

「おっかさんがもっと長生きしてくれたなら諦めもつくかもしれないと思っていましたが、そちらさんが八一五歳で見送ってもつらいというのを聞いて、大切な人を失うことは、そういうものなのだと思わされました」

「私の話がお役に立ったなんて、嬉しいこと」

「お話、うかがってよかったです」

還暦過ぎの女ははにかむようにうなずいた。

芳乃がふわっと表情をゆるめた。

「私はこれから寂しさを味わいたい。これまで母上を恋しく思う余裕もなかったものですから。やさしかった母上を思い出し、大泣きできそうな気がしてきました」

「臨終の善悪をば申さず、という言葉をご存じですか」

慈恵尼がそういうと、女たちはいっせいに首を横にふった。

「良い死に方、悪い死に方というのは問題にすべきではないという親鸞聖人《しんらんしょうにん》の言葉なんです」

親鸞聖人は浄土真宗の創始者だ。

「他宗ですが、ありがたい言葉だなと思って、私、大切に思っているんですよ。臨終の様は、千差万別。畳の上で逝ける人ばかりではありませんよね。人知れず亡くなる人もいれば、道で倒れてそのまま旅立つ人もいる。残った人たちは、家族に見送られて死ぬのは幸せとか、見送る人もなく死ぬのは寂しいとか、いろいろいいますが、大切なのはいかに生きたか、それがその人なんですよね」

夜中に母が息を引き取った女が慈恵尼をひたと見た。

「臨終の善悪をば申さず、ですか。その言葉を聞いて……いつか、自分を許せる日が来る気がしてきました」

芳乃がうなずく。

「もっと早くこちらにうかがえばよかった。そして母の世話をしているとき、静馬さんのようなお医者さまと出会いたかった」

お膳をさげていた和清尼が湯呑をひっくり返したのはそのときだった。慌てて、雑《ぞう》巾《きん》をとりに奥に走る和清尼の胸が激しく波立っていた。

四

和清尼はしゃがんで、こぼしたお茶を拭きながら、奥歯を嚙みしめた。

悲しみの大きさなど、はかれるものでも、比べられるものでもないと、芳乃という女はいっていた。本当にそうだろうか。

話したりすることで救われる悲しみであれば。

心がほどければ許せる程度の苦しみであれば。

気持ちの持ちようで救われるようなものであれば。

どんなによかったか。

気がつくと、和清尼は口の中で、そうつぶやいていた。

同時に、思い出したくないある情景が、和清尼の胸いっぱいに広がった。

真っ赤に染まった部屋、血が飛び散った障子と襖《ふすま》、その中に倒れている人、人、人。

めまいをなんとかこらえて、庫裡《くり》に引っ込み、そのまま、板の間にしゃがみこんだ。

和清尼は幕臣の家に生まれた。父は勘定方《かんじょうかた》の役人だった。母は父を頼りに生きるおとなしい人で、子どもは三人。兄と弟がいた。そのころ、和清尼は久代という名だった。

父が堅苦しいほど生真面目だったので、窮屈なところもあったが、恵まれた穏やかな暮らしだった。

だが四年前、風向きが変わった。

すでに兄は見習いとして出仕していた。弟は近所の塾に通っており、久代は十八だった。翌春、久代は祝言《しゅうげん》をあげることが決まっていた。

相手は北辰一刀流《ほくしんいっとうりゅう》の名手で、兄の同輩だった。幼いころから久代も同じ道場に通っていて、実はよく知る男だった。十六で久代が小太刀《こだち》で免許皆伝となったとき、女だてらにと眉を顰《ひそ》める男がほとんどだったのに、その男はすごいぞと手放しでほめてくれた。強いに男も女もないと喜んでくれた。

持ち込まれた縁談の相手がその人だとわかったときの、久代の嬉しさといったらなかった。一緒になる日のために、久代はお針や箏《こと》の稽古にせっせと励み、母は嫁入り道具の準備に張り切っていた。

そんなある日、父が先輩役人の不正を上役に訴え出たのだ。その役人は川普請《かわぶしん》の巡見で地方に赴いた道中、どんちゃん騒ぎを繰り返し、莫大な費用を代官所を通じて村の者たちに出させていた。その代金は賄賂《わいろ》であることが明白だった。

やり方があまりにもあからさまで、噂はすでに勘定方では知らない者がいないほど広がっていた。しかし、上役は父の訴えにとりあわず、賄賂で遊んだ役人たちにお咎《とが》めはなかった。

逆に、上役に訴えたことが本人たちに知られ、父親は同僚を裏切る男とされてしまったのだ。職場ではのけ者にされ、やがて仕事もとりあげられた。

同情する者もいたが、いずれにしても多勢に無勢で、報復を恐れて表立って動いてくれることはなかった。

見習いとして働きはじめた兄も、父の息子ということで、仲間から疎外された。

「父上が余計なことをするから」

兄が悔しそうに唇を嚙んでいた姿を、久代は今でも忘れることができない。出仕してこれからというときに、出鼻をくじかれ、将来の門戸を閉ざされたと苦しむ兄。正論をいった自分が叩き潰されたという理不尽と、自分の無力さに苛《さいな》まれる父親の孤独な背中、おろおろするだけの母親、塾で仲間外れにされていると泣いていた弟……。

やがて父の酒量が増えた。登城せずに、朝から飲むようになった。

そして、ある深夜、父は家族に刃《やいば》を向けたのだ。

兄、弟、母の叫び声で目が覚めた久代にも父の刃が迫った。血走った眼をした父親が走ってきて、血で濡れた刀を振り上げた。一撃を避けられたのは、道場で鍛えていたおかげだった。父はまた刀を振り上げる。

二撃目は避けられない。斬られてしまう。久代が覚悟したそのとき、子どもの頃から面倒を見てくれた下男の正助《しょうすけ》が部屋に飛び込んできて、「お嬢さま、逃げろ」と久代を突き飛ばしてくれたのだ。久代は走り、命からがら、隣の家に駆けこんだ。

すぐに目付《めつけ》が動き、役人が久代の家を取り囲んだ。だが、事はすでに終わってしまっていた。

兄、弟、母、下男の正助は斬り捨てられ、絶命していた。父親は仏間で切腹。家じゅうが血の海だった。

家は断絶。縁談も当然なかったことになり、久代はその後、下目黒《しもめぐろ》の遠い親戚に預けられた。

不正をしたのは父ではない。賄賂に手を染めた男たちはのうのうと生きていて、父は追い詰められ、家族を皆殺しにした。

自分は助かってよかったのか。死んだほうがよかったか。

なぜ自分が生きているのか、久代はわからなかった。

目に映るものから、色が消えた。自分がいた世界は何もかも崩れ去ったのだ。この世は理不尽で、自分には何ひとつ残っていない。

早く忘れることよ。

立ち直らないと。まだ若いんだから。

命があってよかったね。神様仏様に感謝して、その命を大事にしなきゃ。

こうした悪気のない言葉に、久代の心はずたずたに傷ついた。怒りがこみあげ、気がおかしくなりそうだった。

励ましの言葉は久代の気持ちの否定であり、慰めの言葉はその人の思いの押しつけに思えた。

父は隠居することだってできたのに、どうしてそうしなかったのか。兄はすでに見習いとして出仕していたのだ。

一人で死ぬこともできた。が、父が自死すれば不祥事として、見習いの息子は職を失い、家もとりあげられ、たつきがなくなる。困窮する家人を残すのが忍びないと、凶行に及んだのか。それで道連れにしたのか。それが理由になるのか。

父は逆上のあまりこの世に生きた証のすべてを壊したくなったのか。あるいは、恨みの矛先になったのが私たちだったのか。

答えを出したところでどうにもならない。答えが出るはずもない。

それでも、久代は考え続けた。出口のない迷路を延々と歩き続けているかのようだった。

そんなときに、一緒に住んでいた親戚が引きずるようにして、久代を千光寺に連れて行ったのだ。

人の話を聞き、読経して、ご飯を食べる。人それぞれとはいうものの、どの女もつまらぬことで大げさに悩んでいるように、久代には思えた。口を開く気にもならなかった。

慈恵尼は、あの時も死んだ者は浄土に行くのだろうといった。

それを聞いて、気分が悪くなった。兄弟や母、正助はともかく、父も浄土に行ったのか。行けたのか。

父のせいで久代は、血塗られた一家の生き残りとなった。誰もが久代から目をそらした。

神仏さえ見放したおぞましい家の娘、死にぞこない……久代はこの烙印《らくいん》から一生、逃れることはできない。どこへ逃げても無駄なのだ。久代自身に深く刻まれてしまったのだから。

慈恵尼の心づくしの食事は喉を通らなかった。すると慈恵尼は帰りぎわ、久代ににぎりめしの包みをさしだした。

断るのも面倒で、にぎりめしを受け取り、この寺にもう二度と来ることはないだろうと思いつつ、石段を下りた。

良く晴れた日だった。風が柔らかに頬をなで、空からは光の粒が降り注いでいた。川のせせらぎのきらめき、水が流れる音、鳥の鳴き声……。

久代は目黒川の土手に座って、しばらくの間、ぼーっとしていた。誰もいない、誰からも見られない、こんなところにずっといられたらと思った。

そして慈恵尼のにぎりめしの包みに気がついた。ゆるくふわりと握った梅干しのにぎりめしが一個、きざんだ沢庵をいれたにぎりめしがもう一個。

口に含むと、米が甘かった。梅干しや沢庵の塩気がちょうどよかった。食べたものが喉を通り、胃の腑《ふ》に入り、身体に染み入っていくのがわかった。家族を失ってから、何を食べても砂を噛むようだったのに、味がした。

そして、ふた月ほどたったころ、慈恵尼が突然、久代のもとを訪ねてきたのだ。近くまで来たから、と。

「またいらっしゃい。いつでも待っています」

余計なことはいわず、それだけいって、慈恵尼は帰って行った。

久代は、それから十日ばかりして、お遣いの帰りに足を延ばし、千光寺を訪ねた。なぜ、あのとき千光寺の石段を上ったのか。

慈恵尼の顔を見たかったのだろうか。あのにぎりめしを食べたかったからか。いい風がふいていたからか。理由はいまでもわからない。

慈恵尼は、黙っている久代を促すこともなく、ただそばで豆の筋をむいていた。それが不思議に心地よかった。

ときどき千光寺に通うようになり、慈恵尼と野を歩くようになった。

久代がぼんやり外を眺めている横で、慈恵尼が薬草を干したり、びわの葉を砕いたりすることもあった。

一緒に摘み草をし、料理を手伝うようになって半年が過ぎた頃――。

目黒不動尊の縁日の日だった。新蕎麦を持ってきたまさと三人で、蕎麦を打とうということになった。

――新蕎麦は美味しいよ。はずれがないからね。

まさとも、いつしか顔見知りになっていた。偏屈な娘だと思われていたには違いないが、まさも慈恵尼同様、久代の心の奥の柔らかいところには決して踏み込んでこないのがありがたかった。

大きな木の板と、長いのし棒を用意したとき、勝手口から柄の悪い男三人が入ってきた。

――尼さんの顔を見に来たんだ。

男たちはどろりとした目をして、吐く息が酒臭かった。縁日に来た男たちだった。あいにく下男の与平は不在だった。

近くに尼寺があると聞いて、千光寺に乗り込んできたと、男たちは黄色い歯を見せて笑った。

そして一人の男がいきなり、慈恵尼の腕を乱暴につかんだ。

――年寄りだが、なかなかの美形じゃねえか。若い頃はさぞ、もてたんだろ。

おやめください。慈恵尼がぴしりというと、男たちは慈恵尼を乱暴に突き飛ばし悪態をついた。

——年増がえらそうに。

——若い尼さんがいると思ったのに。おもしろくねえ。お、そっちにわけえのがいるじゃねえか。

久代とまさに、男たちが向かってきた。

土間に転がった慈恵尼の腕から赤い血が筋となって流れているのが久代の目に入ったのはそのときだ。瞬間、久代の脳裏に、赤く染まった家、血を流して息絶えた家族の姿が広がった。

気がつくと、久代はのし棒をつかみ、男の腕を打っていた。

「い、いてぇ、何しやがる」

「女のくせに。生意気な」

久代は身構えた男の胴を払い、口から唾を飛ばしてかかってきた男がふり上げた匕首《あいくち》を払い飛ばした。

返り討ちに遭ったことにうろたえ、一転、やめろと叫ぶ男たちを、久代はなおも打った。

「もういいから」

慈恵尼が久代の足に両手をまわして止めるまでのことを思い出すと、今でも脂汗が浮かんでくる。

その隙に、男たちはほうほうの体《てい》で逃げ去った。そしてまさが久代の手から棒を引き離した。固まってしまった久代の指を一本一本、ゆっくりと伸ばして。

傷口をきれいに洗い、手拭いを固く縛ったが、慈恵尼の傷は深く、血が止まらなかった。縫った方がいいと、まさは医者の静馬を呼びに飛び出していった。

久代は呆然《ぼうぜん》としてしゃがみこんでいた。

最初は手加減した。男たちの骨を折ったりしないようにと。

だが、二度目は強く打っていた。三度目はもっと強く。

女だからといって、馬鹿にして侮《あなど》って尼寺に来て、乱暴を働こうとするなんて。そんな奴には思い知らせてやる。

人に血を流させるような輩《やから》を許しはしない。

心がそう叫んで、自分を止められなくなっていた。

あのとき、慈恵尼が止めてくれなかったら、男たちをもっとひどい目にあわせていたかもしれない。殺していたかもしれなかった。

男たちの顔は恐怖に青ざめていた。血も流していた。身体には打ち身や傷がいくつもついたはずだ。

そうしたのは自分だ。

自分は、父と同じなのだ。

そう思うと恐ろしくて……自分が恐ろしくて、気がつくと久代は震えていた。声を上げて泣いていた。

慈恵尼はそのそばに膝をつき、傷ついていないほうの手で久代の背中を長いことなでていてくれた。

久代は嗚咽《おえつ》を漏らしながら、自分に起きたことを慈恵尼に打ち明けた。死ぬまで胸のうちに固く封印すると決めて、これまで誰にも話さなかった話を。

「私も……あの悪鬼のような父と同じかもしれないと思うと、生きていけない……」

しゃくりあげながらそういった久代の肩を慈恵尼は抱いてくれた。

「久代さんは、大丈夫ですよ。あの男たちは、今頃、尼寺だと軽く見たことをひどく悔いているでしょうが。……ちゃんと久代さん、加減してましたもの。骨を折らないようにって。免許皆伝って聞いて、なるほどそれだからだったんだって、二度びっくりしましたよ。はじめてこんなことになったら、我を忘れるって、誰にでも起こることのように思います。……でも久代さんは強いから、自分の中で、ここまでというのを決めておいたほうがいいかもしれませんね」

久代はうつ向いたまま、答えない。しばらくして、ひとりごとのようにつぶやき、唇を噛んだ。

「この寺に越してきませんか。寺に住み、ご家族の冥福をお祈りしませんか」

なぜあのとき、慈恵尼が久代にそういったのか。後になって聞いたことがある。慈恵尼はう〜んと考え込んだ。

「このままにはできないと思ったの。寺に住まないかといったのは、あのとき、あなたがこうつぶやいていたから」

――呪われた娘です。私が生きていられるのは、命には終わりがあるから。私は自分の命が終わるその日だけを楽しみに生きているんです。

「もう一度、あなたに生きる喜びを味わってほしいと思ったのかもしれない」

久代の親戚に相談すると、話はとんとん拍子に決まった。気のいい人たちだったが、心を開かず、常に仏頂面でにこりとも笑わない、いわくつきの娘との暮らしは気が重かったのだろう。

やがて久代は得度《とくど》したいと、慈恵尼に申し出た。

慈恵尼はすぐにはうなずかなかった。

——寺に住んでいるからといって尼にならなければならないわけじゃないのよ。人生は長いのだから、焦ることはない。いましばらく考えてみては。

だが、久代は首を横に振った。

「この寺に来た時から私は、尼になると決めていました。自分の心を鎮めるために。死んでしまった父以外の者のために。自分の中にあるかもしれない、父から引き継いだこの血が暴れることのないように。私は尼になりたいのです。尼になったからといって、父のことを許せる日がくるとも思えませんが……それでもいいですか」

和清尼という名は、常念寺の円光和尚と慈恵尼がつけてくれた。

和らいだ心でお互いに敬いあい、清らかな落ち着いた境地にいたるという「和敬清寂《わけいせいじゃく》」にちなんだという。

そして、寺に住んで三年たったこの正月に、久代は和清尼になり、それから五か月、和清尼は、日々、お勤めをし、檀家を回り、葬儀や法要の手伝いなどを粛々とこなしている。慈恵尼やまさと笑顔を交わすこともある。

だが、心が渇いてどうしようもなくなることもある。悩みを打ち明ける女たちに衝動的に咬《か》みつきたくなることもある。

親を看病できただけで上等じゃないか。

布団の上で死んだだけ、ましじゃないか。

病で死ぬのが普通じゃないか。

ぼけて暴れたって、血を見たりするわけじゃない。

恵まれている者はどれだけ自分が恵まれているかを知らないのだ。

突然、自分の中から毒が溢れてくるのを、和清尼はいまだにどうすることもできない。

寺を後にする女たちを見送りながら、和清尼は、ふと自分が置き去りになったような心細さを感じた。忘れたい記憶が蘇った後は、決まって和清尼は自分が嫌いになる。このまま消えてしまえたらいいのにという思いにとらわれる。

そのときだった。

「和清尼さぁ～ん」

石段の下からまさの声がした。覗き込むと、まさが一段一段、上ってくるのが見えた。

まさは、和清尼が気がついたと知ると、足をとめ、口に両手をあてて、また大声で叫んだ。

「今さっき、梅が届いたよ。今年は早いんだって。明日の朝、梅を持っていくから。庵主さまにも伝えておいて」

「ありがとうございます。明日、運ぶのを手伝います」

和清尼も腹に力を入れて、大声で答える。

「助かるわ。それじゃあ明日の朝ねえ。梅仕事、がんばろうね」

まさは手を振り、石段を下って、店に戻っていった。

和清尼は空を見上げた。今年も梅仕事の季節がきたのだ。

ふっと、完熟した梅の甘い匂いをかいだような気がした。

明日はその匂いに包まれながら、へたを串でひとつひとつ取り除いて、丁寧に水洗いして、樽に入れて塩漬けにする。

梅仕事をやる気になっている自分に気がつき、和清尼は苦笑した。食いしん坊で、食べることに一生懸命な慈恵尼の術中にはまったような気がした。

こうして食べ物のことなどを考えていれば、いつか自分は救われるのだろうか。

「和清尼さ〜ん」

店からまさがまた走り出て来た。

「裏の田んぼに蛍《ほたる》が出たって、うちの人が。見ごろは明後日くらいかな。それだけ。またね」

まさが手を振って、笑うのが見えた。

まだ青い空が広がっている。日が長くなっていた。

梅仕事の後に、蛍狩りに行こうと、慈恵尼がいう気がした。

第四章　蕗の葉っぱのおまじない

一

「庵主《あんじゅ》さま、ヤブカンゾウが咲きはじめましたよ」

下男の与平が勝手口から入ってきて、背負っていた籠《かご》をおろした。本堂の掃除から戻ってきた慈恵尼は目を見開いた。

ヤブカンゾウは土手や林のまわりなどの日当たりの良い場所に、夏から初秋にかけて茎をぐんと伸ばす。そして、その先に八重の百合のような大きな橙色《だいだいいろ》の花を咲かせる。有用な薬草であり、蕾《つぼみ》は解熱、葉や地下茎は、利尿、消炎、止血などに用いられていた。

与平は籠から、ヤブカンゾウの蕾をいくつかと、柔らかそうな葉を一束、取り出した。蕾を手に取り、慈恵尼がいう。

「梅雨もまだなのに、こんなに。気の早い子たちだこと」

「急に暑くなりやしたからね」

ヤブカンゾウは一日花で、翌日にはしぼんでしまう。だが、旺盛な生命力で、これでもかというほど、次々に花をつける。

薬用になるだけでなく、食用としても文句なしだった。春の新芽はぬめりがあって柔らかく、花や蕾は天ぷらにもできる。秋から冬にかけて根につく塊根《かいこん》も、煮ると甘みがある。

「さて何にしようかしら。天ぷら？　油炒り？」

「蕾を串にさして塩をして、炙《あぶ》ったものを食べたことはありやすか。風味が引き立ち、歯ごたえがよくって、案外、乙なもんですよ」

「おしげさんがそうしてるの？」

「これがいちばんうまいって」

「それなら折り紙付きだわ」

与平は痩せてひょろひょろしているのに、女房のしげは小太りで、食べるのが大好きという口だった。

そのときだった。和清尼が勝手口から飛び込んできた。

「与平さん、ちょうどよかった。ちょっとお願い。力をかして」

顔色が変わっている。和清尼は今朝早く、常念寺の手伝いに出かけたはずだった。息せき切ってそれだけいうと、和清尼はまた飛び出していく。与平があわてて後を追いかけ、慈恵尼も続いた。

大黒屋の前で、まさが草太を抱きかかえながら、しゃがみこんでいるさきを心配そうにのぞき込んでいる。和清尼は石段を走り下り、まさに駆け寄った。

和清尼と与平に、まさがいった。

「草ちゃんの熱が高くて。うわごとまでいってるの。おさきちゃんも具合が悪くて」

与平が草太をおぶり、和清尼とまさがさきの肩を抱き、一歩一歩、石段を戻ってくる。

慈恵尼は奥から布団を運び、庫裡《くり》の板の間に敷いた。

息が荒く、熱に浮かされたようなぼんやりとした目をした草太を、与平は板の間の布団に寝かせた。ぜいぜいと肩で息をしている。

「草ちゃん、しっかり」

さきは布団の傍《かたわ》らにへたっとしゃがんで、草太を励ますように声をかける。

「おさきちゃんが草ちゃんをおぶって歩いてきたんですよ。二日前の晩から、草ちゃんの調子が悪くて、今日になっても熱が下がらないって。……そういうおさきちゃんも真っ青な顔でふらふらしているし。こりゃただ事じゃないと思った矢先、ちょうど和清尼さんが通りかかったもんだから」

「おとっつぁんの豊吉《とよきち》さんは？」

　慈恵尼がまさに尋ねた。

「庵主さま、豊吉さんは……」

　まさが困ったような表情で慈恵尼の耳元に一言つぶやくと、慈恵尼の眉間に縦皺《たてじわ》が刻まれた。

　井戸水で冷やした手拭《てぬぐ》いは、草太の額にのせると、あっという間にぬるくなる。

「二日間、熱が続いているの？」

　こくんとさきが慈恵尼にうなずく。慈恵尼は与平を手招きした。

「ご足労だけど、白金までひとっ走りして、静馬先生を呼んできてくれませんか？子どものことだから心配で……与平さん、お昼もまだなのに、すまないね」

「なんの、相身互《あいみたが》いでさ」

　与平はそういうと、すぐに出て行った。

　手拭いを替えようと立ち上がった慈恵尼を、さきが見上げた。

「庵主さま、草ちゃん、死ぬの？」

「大丈夫よ。今、お医者さんが来るから」

静馬がやってきたのは一刻（二時間）後だった。

草太の額に手をあてて、静馬は口を開けるよういった。

「熱が高いな。喉も痛いだろ、真っ赤に腫れてる。それに……ずいぶん痩せて。あばら骨が浮いてるじゃないか」

静馬が驚いたのももっともで、草太は骨に肌がくっついているようだった。肌もがさがさとして、くすんでいる。

「おかゆや柔らかく煮たうどん、豆腐など、飲み込みやすいものを食べて、よく眠れば……」

「そんなもんなんてない！　……米壺はからっぽ。一粒の米も残ってない。草ちゃんは三日前から水しか飲んでない」

さきが挑むような目をして、叫んだ。さきも痩せて、顎《あご》がとがっている。目ばかりが大きく、ぎらぎらしている。

「水だけ？」

慈恵尼は驚いていった。始終、おなかをすかせていたのは知っている。けれどそこまでだとは思っていなかった。

「この間までは草ちゃん、我慢して食べてくれた。でももう、草なんか食べたくないって、私がとってきたスベリヒユも、カラスノエンドウも、ツユクサも、見るのもいやだって。……水だけ飲んでいたら、身体に力が入らないっていっても、草なんか食べてもおなかがゆるくなるだけだから、もう食べないって」

「親はどうして……」

　さきと草太とは初対面の静馬が唸《うな》った。

「……おとっつぁんは酔っぱらって、出て行っちまった」

　草太が熱を出した晩に出ていき、昨日も今日も、豊吉は家に帰っていないと、さきは続ける。

「出て行ったって……」

「いつ帰ってくるかは、帰ってくるまでわからない」

「前にもそんなことがあったのか」

　さきがうなずく。

「……おっかさんは？」

「……おとっつぁんが馬鹿だから、おっかさんは逃げていった。私らを置いて家を出ていっちまった」

「……」

「おとっつぁんは博打《ばくち》ぐるいだから」

突き放すように、さきはいった。

謝儀《しゃぎ》が払えないから、さきは手習い所をやめるといっていた。

近頃では、豊吉が田畑にさっぱり出なくなったとも聞いていた。手をかけねば、田んぼはあっという間に荒れてしまう。周りの田んぼは青々とイネが育っているのに、豊吉の田んぼは雑草まみれだった。

田んぼを持っていれば、年貢米を納めなければならない。秋になったら豊吉はどうするつもりなのだろうと、まさも話していた。

慈恵尼は、さきが毎日籠を背負って、食べられる草を探していたことにも気がついていた。だから、にぎりめしを持たせてやったり、芋をふかしてやったりもした。けれど、家に食べるものがまったくない、米粒一つないというところまで追い詰められているとはさすがに思わなかった。

豊吉は自分の田んぼを持っていて、これまでは年貢もきちんと納めている。

最近は会ってはいないが、慈恵尼の知る豊吉はおとなしく穏やかな男だった。嫁が出て行って大変なことはあっても、父親としてなんとか踏ん張っているのだと思いこんでいた。

「食べる物がなくてもしかたないんだ。あたしと草太は、どうでもいい子どもだから。あたしたちがひもじいといっても、おとっつぁんは知らんふりだもの。庵主さまやおまささんは、あたしたちが腹をすかしてかわいそうだって、食べ物をめぐんでくれたけど……他人だもの、毎日ってわけにはいかない。どっちにしても、あたしたちはそのうち飢えて死ぬ。今助かっても、またこうなる。どうせ死ぬなら、本当に飢えるのは一回でいい。おなかがすくのは苦しいもの。だから、草ちゃん、今、死んだほうがいいんだ」

　さきはひとことひとことと、嚙《か》みしめるように言った。

「おさきちゃん。そんなこと言わないで」

　まさがさきを抱きしめた。さきの目からぽろぽろ涙がこぼれ落ちる。

「でも草ちゃんをひとりで死なすのはかわいそうすぎて……あたし、おんぶしておまささんのところに連れて来ちゃった。草ちゃん、まだ小さいから」

　そうつぶやくと、さきはふらっと崩れるようにその場に倒れた。

二

さきが目を覚ましたのは深夜だった。一瞬、ここがどこかわからなかった。

草ちゃん。草ちゃんはどこ？

雨戸の隙間から、月の光がわずかだけ入ってくる。

ようやく闇に目が慣れると、自分は片付いた部屋の、きれいな畳に敷かれた布団に寝ていたとわかった。右隣に草太、左隣に慈恵尼が寝ていた。千光寺の慈恵尼の部屋らしかった。

ころんと寝返りをうち、草太のそばにいき、口の前に手をあてた。

草太の吐く息が手に当たった。

生きてる。

昼よりも草太はずっと穏やかな呼吸になっていた。表情も安らいで見えた。

ほ〜っと安堵のため息がさきの口から漏れ出た。

死んだほうがいいといったのも本心だけれど、草太に死んでほしくないというのも、さきの本心だった。

さきは真っ暗な闇の先を見つめた。

どうして、こんなことになっちまったんだろう。

ときどき、さきは夢を見ているような気持ちになる。自分は悪い夢の中にいて、目が覚めたら、おっかさんがそばにいるかもしれないと思ったりする。

でも、夢ではなく、すべて本当のことだった。

おとっつぁんは、昔はあんなんではなかった。

幼い頃、おとっつぁんとおっかさんが働く田畑の近くで、さきは毎日、遊んでいた。

――遠くに行くんじゃないよ。おっかさんたちが見えるところで遊ぶんだよ。

おっかさんは何度も声をかけてくれた。カエルとりをしたり、バッタを追いかけたり。おっかさんたちの真似をして草取りをして頭をなでられたりもした。

夜はおっかさんとおとっつぁんの間で眠った。おっかさんがくたびれて先に寝た時には、おとっつぁんが昔話をしてくれた。

少し大きくなると、おっかさんがさきを千光寺まで連れていってくれた。同じ年頃の友だちと、鬼ごっこをして、ままごとをして……夕方になると友だちと並んで家に戻っていく。毎日にぎりめしをふたつ持たせてくれたから、ご飯の心配などしたこともなかった。

草太が生まれると、子守りをするようになった。おしめの洗濯も手伝った。冬は水が冷たくて指があかぎれになったりもしたけど、さきが手伝ってくれるから本当に助かるよとおっかさんにいわれるとうれしくて、がんばらなきゃと思った。

泣き虫でおしっこたれ。ねーたん、ねーたんっていいながらトコトコ追いかけてくる小さな弟が可愛くてしかたがなかった。

——おとっつぁんは村でいちばん生真面目なのよ。穏やかで、声を荒らげたこともない。貧乏なのが玉に瑕《きず》だけど、心根のいい男と一緒になれたのだから、文句のいいっこなしだね。

おっかさんは、そういって笑っていた。ふたりの仲がよかったときの話だ。

一日のはじまりは、竈《かまど》から吹きあげる湯気。麦ご飯だけど、炊き立てはもちもちしておいしかった。冷めるとぼそぼそだけど。あったかい味噌汁には、野菜の切れ端がいっぱい入っていた。

六歳からは、村のみんなと同じように手習いに通わせてもらった。

縁日に行ったときは楽しかった。ひよこの形をした飴細工をおとっつぁんに買ってもらったときは嬉しくて、食べるのが惜しくて、でも食べたくて困った。

そんなときもあったなんて、今では信じられない。

夜、おとっつぁんが出かけるようになったのは、去年の暮れからだ。おとっつぁん、どこにいったの？　と聞いても、おっかさんは険しい顔をして答えてくれなかった。

さきが起きている間に、おとっつぁんが帰ることはなくなり、やがて、おっかさんとおとっつぁんがしょっちゅう、言い争いをするようになった。

そしてさきは博打や胴元、借金という言葉を覚えた。

――どうして博打なんか。博打で儲《もう》かった人なんていないのよ。

――いるよ。馬鹿だな。そうじゃなきゃ、あんなに人が集まるわけがないだろう。おいらだって最初は大儲けしたんだ。大当たりをしたら、こんな借金なんかすぐに返せる。

おとっつぁんは威勢よくいっていたけど、さきはおっかさんがいっていたことのほうが正しいような気がした。

胴元というものは、最初はお客に勝たせて、夢中にさせて、あとはゆっくり搾り取るものだとも、おっかさんはおとっつぁんにいっていた。おとっつぁんはゆっくり搾り取られていったのだ。

それからは年がら年中、喧嘩しっぱなしだった。

——あれだけやめるっていったのに、どうして。

——やめられるよ、いつだって。ああ、くそ、面白くねえ。

——もう借金するところ、ないのよ。誰も貸してくれないのよ。

——わかったって、いってるだろ。

三か月前の、おっかさんがいなくなった晩のことは、忘れない。

さきは寝たふりをして、いつものように二人のやりとりを聞いていた。

おっかさんは泣き声だった。その声がいつもより切羽詰《せっぱ》まっている気がして、さきの胸がきゅーっと縮みあがった。これからどうなるのか心配でたまらなくなった。

——この先、どうやって暮らしていくのよ。子どもたち、食べ盛りなのに。

——なんとかするさ。

——なんとかするって、なんとかなったことなんてなかった。悪くなるばっかり。もう売るものなんて、この家に一つもないのよ。

やがておとっつぁんは低い声でいった。

——頼む。おまえにしか頼めない。了見してくれないか。

おとっつぁんがおっかさんに頭を下げた気配がした。おっかさんの口から悲鳴のような声が出て、さきは震えあがった。

——まさか、私を？

——もうどうにもなんねえんだ。そうでもしなけりゃ、おれは殺される。

——そんな……あんまりだ。人でなし！

さきの胸は跳ね上がり、身体が凍りついた。

おっかさんはなぜ、細い掠《かす》れそうな声で、泣いているの？

しばらくして、おっかさんはさきと草太の枕元に座り、交互に頭をゆっくりなでてくれた。おっかさんのあったかい涙がさきの頬にぽとりぽとりと落ちた。

おっかさん、どうしたの？　泣かないで。

そういって、首にかじりつきたかったけれど、できなかった。そうしてはいけないような気がした。子どもは大人の話に口を出してはいけないって、いつもいわれていたから。

けれど、さきも悲しくてたまらず、閉じた目から涙がにじみ出た。おっかさんが気づかなかったのは、おっかさんの目が溢れる涙できっとぼやけていたからだ。さきは胸がはりさけそうになって、寝返りをうってごまかした。

——おさきと草太を……お願いします。

戸口ががたんと鳴り、知らない爺《じい》さんが入ってきたのを、さきは薄目を開けて見た。

夜明け前、小さな風呂敷包みを背負ったおっかさんを、そのじいさんは乱暴にせかすようにして、家を出ていった。

おとっつぁんは入口に背を向け、金を懐《ふところ》にいれ、肩を落として座っていた。

あのとき、おっかさんに「行かないで」とすがりつけばよかったのだ。そしたら、止めることができたかもしれないのに。

それからおっかさんのいない日々がはじまった。

おとっつぁんはすっかり仕事をしなくなった。

――女房は逃げて行った。

おとっつぁんは村の人にそういった。村の人たちは寄ると触ると、出て行ったおっかさんの話をしていた。

おさきちゃんと草ちゃんのおっかさんは、おとっつぁんに愛想をつかして、男と逃げたんだってね。

手習いの子どもたちが興味津々でいっても、さきは口を閉じてじっと耐えた。

それは本当じゃない。売るものがなくなっちまったおとっつぁんに、おっかさんは売られてしまったのだから。

売られた女は男の相手をさせられ帰って来られないってことくらい、さきだって知っている。隣村の同い年の娘が去年、売られていったとき、大人がそう話していた。そこは女の生き地獄だって。

だからさきは、おっかさんが男と逃げたと思うことにした。おとっつぁんに売られたなんて、あんまりおっかさんがかわいそうだったから。

おっかさんがいなくて寂しいと泣く草太を、さきは毎晩、抱きしめた。おっかさんはいつ帰ってくるの？　と草太がいえば、きっと帰ってくるよ、いつか必ずと答えた。そんな日はこないだろうと思っていても。

そして、ひもじさとのつらい闘いがはじまった。おとっつぁんが飯を炊くのは三日に一度だ。それもちょっぴり。そんなもの、一日でなくなる。

村の人に虫食いの野菜を分けてもらい、野菜の切れっ端を拾い、野草を摘み、それを煮て、草太と食べた。

庵主さまみたいに料理ができれば、おいしく食べられたかもしれないけれど、さきの家には塩しかない。味噌も醤油もない。ただ茹でて塩を振って食べた。

手習い所はやめた。米も買えないのに、謝儀など払えない。

お師匠さんは、謝儀は奉公に出てからでいいから通っておいでといってくれたけど、そんなことはできなかった。だいいち、さきは草太が食べるものを探さないといけなかった。

草しか食べるものがなくなると、草太は頻繁におなかを壊すようになった。

頼りは、まさと千光寺だった。まさが店番をしているときは、店の前でうろうろしていれば、食べ物にありつけた。

おなかがすいて体を動かすのも億劫《おっくう》なのに、遊んでいるふりをして、さきは、境内で粘るようになった。手習いをやめて、弟と遊んでいる怠《なま》け者と、他の子にはやされても、かまいはしなかった。

境内でぼんやりしていると、慈恵尼がにぎりめし、食べようといってくれた。食べられると、今日も生き延びられたって思った。

でも、もうそんな暮らしも、しまいに近づいている。

おとっつぁんはこの間、荒れに荒れた。

——どこをはたいたって、一文もない。くそ、もう借金もさせねえってか。それじゃ、賭場《とば》に出入りできねえじゃねえかよ。

そしてさきをじいっと見たのだ。

——おさき……おとっつぁんに親孝行したくねえか。してえよな。孝行娘だもんな。きれいな着物を着て、白い飯を食いたいだろ。親孝行をして、そんな極楽の暮らしができるところがあるんだぜ。

それまでさきのことなんか、いらない荷物か、ゴミみたいに思っていたくせに、掌《てのひら》を返し、機嫌をとろうとしているのが、ひどく気持ち悪かった。

今度は自分なんだと思った。

おとっつぁんは、あたしを売る気だ。

きれいな着物を着て、白い飯を食べられる。それは、本当だろうか。

毎日、食べ物のことばかり考える日々に飽き飽きしていた。

ひもじくなければ、どうでもいいとも思えた。

生き地獄だろうがなんだろうが、ここよりひどいところなどあるだろうか。

それに売られていったところに、おっかさんがいるかもしれない。おっかさんが生きていれば。

さき一人だけならば、売られようと何をされようとかまわなかった。

でも、草太がいた。草太を一人にはできなかった。草太をおいてはいけない。

骨と皮みたいに痩せて、動くとすぐに息を切らし、座り込んでしまう草太。肌ががさがさしてかゆい、腹が痛いといっては、泣いてしまう草太。

さきがいなくなったら、草太の面倒は誰が見るのだろう。誰が食べ物を探してくれるのか。

草太はきっとすぐに死んでしまうだろう。

草太を一人で死なせるわけにはいかない。一人でおなかがすいて苦しんで死ぬなんて、あまりにもむごいもの。せめて最後まで、さきが見守ってやらなければ、草太がこの世に生きて来たかいがないもの。

熱が出て息が荒くなって、いよいよ草太がと覚悟した。それしか道はないのだから、それでいいと思っていたはずなのに……やっぱり、切なかった。

治れば、また飢えるところからはじめるしかないのだろうか。同じことを繰り返すのだろうか。

いや、同じではない。おとっつぁんが戻ったら、あたしは売られてしまうのだから。

それはいやだ。絶対にいやだ。

草太が歩けるようになったら逃げよう。あたしが売られる前に。二人が引き離される前に。どこにだっていいから一緒に村を出よう。逃げた先で、二人死んだってかまわない。

目じりににじんだ涙をさきは指でふいた。

「目が覚めたの？」

慈恵尼の声が隣から聞こえた。

「庵主さま」

慈恵尼は半身を起こし、横になっているさきの頭をなでた。

「気分はどう？」

「……大丈夫」

「前にもこんなこと、あった？」

さきは首をかすかに横に振る。

「そう、静馬先生が、たぶん疲れが溜まっているからだろうって」

それから慈恵尼は手を伸ばし、草太の額を触った。

「よかった。熱が下がってる。薬がきいたのね。……おさきちゃん、よかったら、しばらくここにいない？」

「草太は？」

「もちろん草太君も一緒に」

「しばらくって？」

「二人の体がすっかりよくなるまで。これからのことを考えなくちゃならないし」

さきはこくんとうなずいた。

ここなら飢えない暮らしが送れる。いつまでいられるかわからないけれど、ご飯を食べさせてもらえるなんて、救われる思いだった。食べ物のことを考えなくて済むだけでも、ありがたかった。

「安心してもうちょっとお眠りね」

慈恵尼の穏やかな声を聞きながら、さきは眠りに落ちていった。

三

目が覚めると、日が高くなっていた。ほっとしたせいか、寝過ごしてしまったらしい。

さきが動く気配で、草太もうっすら目を開けた。

「ねえやん、ここ、お寺?」

「そう。庵主さまがしばらく預かってくれるって。ご飯も食べさせてくれるって」

「そうなの?　ご飯を?」

「白いご飯だよ、きっと。草ちゃんは寝ていて。様子を見てくるから」

草太は力なく笑ってうなずき、また目を閉じた。

庫裡では竈から湯気が上がっていた。慈恵尼と和清尼の経を読む声が、本堂から聞こえる。

「おはようございます。あら、おさきちゃん、起きられた?」

大黒屋のまさが勝手口から顔を出した。まさは中に入ると、籠から卵を二つ、とりだした。

「体が弱っているときは、卵がいちばんよ。お寺にはないから、持ってきちゃった。あら、もうおかゆができてる」

まさは土鍋の蓋《ふた》をあけながらいった。

まもなく慈恵尼たちが戻ってきて、一緒に朝餉《あさげ》をとった。

卵を落としたおかゆは甘くなめらかで、仰天するほどおいしかった。おなかの中が温かくなるのがわかる。温かさが体にじわじわと沁みこむ気がした。

「草ちゃんには私が食べさせるから、おさきちゃんはゆっくりおあがり」

まさはそういって、寝ている草太におかゆを持って行ってくれた。

食事がすむと、さきも部屋に戻り、まさと一緒に草太におかゆを食べさせた。草太はひと匙《さじ》ひと匙、ゆっくりなめるように食べた。

それから、さきは二人分の布団をまさとともに板の間に移動させた。おかゆはぺろりと平らげたが、まだふらふらしているさきに、慈恵尼は「今日は一日、寝ていなさい。ついては目が届くように板の間で休んでいてね」といったのだ。

「私がやるから、おさきちゃんは休んでいていいのよ」

まさはそういってくれたけれど、人の世話になるのは極力避けたくて、さきは自分の布団をひきずるようにして運んだ。

いずれ、草太が元気になったら、ここを出ていくつもりだ。野良猫がふいにいなくなるみたいに、行先も告げずに出ていく。

それまではせめて自分でやれることはやりたかった。いい子ぶっているわけではない。別にかわいがられなくてもいいのだ。いや、むしろかわいげがないと思われている方がいい。少し疎《うと》まれているくらいが、別れがつらくない。

草太はくたくたと眠り続けた。その横で、さきも眠った。

朝には下がっていた草太の熱は昼近くになるとまた少しずつ上がったが、昨日ほどではなかった。

うとうとしていると、まさの声が聞こえた。

「豊吉さんちに行ってきましたけど、豊吉さん、昨晩は帰ってなかったようで。とりあえず、ふたりは千光寺にいると文《ふみ》を残してきましたけど」

　さきは胸を撫で下ろした。

　ああ、よかった。おとっつぁんなんか、もう帰ってこなくていい。ずっと帰ってこなければいいのに。

　しとしとと雨の音が聞こえた。床下から風が入ってきて、さきは掛け布団を首までかきあげた。

　久しぶりに雨が降りはじめたのだった。ようやく梅雨に入るのだろうか。

　今は先のことを考えるのはよそうと、さきはまたまぶたを閉じた。間断なく続く静かな雨音が、自分と草太を恐いことから守ってくれるような気がした。


　午後になって、名主《なぬし》の七左衛門、組頭《くみがしら》数名がやってきて、板の間の隣の座敷で、話がはじまった。詳しい事情を知ることになった慈恵尼が、これは先送りにできることではないと、さきの家に関わる村の人を集めたようだった。

　村に名主、組頭、五人組で運営されている。さきの家は一反《たん》四畝《せ》ばかり土地を持っているが、十石に満たず、五人組に入らない小百姓だ。年貢負担はあるものの、暮らし向きは水呑百姓と大差がない。

寝ているさきの耳に、とぎれとぎれ大人の声が聞こえた。

「昨年分はなんとか……だったが今年は……」

「田んぼはほったらかしだ。……売るよりほか……」

「しかし、それではあんまり……方策尽きたか」

「まったく……そんな男じゃなかったのに」

「いっても詮のない……もう昔の豊吉さんじゃない」

「これからいったい……」

「……逃げる気じゃないか」

「……あんなものに手を出さなければ」

おとっつぁんは村の人にもすっかり愛想をつかされていたのだと、さきは思った。その前に、売るといっていた。何を？

雨がひどくなっている。寺の屋根を雨粒がバチバチと叩きつけている。まるで豆が弾《はじ》けているみたいだった。

がたんと勝手口が開いた音で、さきは目を開いた。時刻はわからないが、夕方のようだった。

「ごめんなさいよ」

声を聞いた途端、さきの胸がぎゅっと縮んだ。

「あ、豊吉さん」

まさが立ち上がる。

「うちのさきと草太がお邪魔してるようで」

「草ちゃん、熱があって、さきちゃんも具合が悪いんですよ」

豊吉が板の間に寝ていたさきと草太を見た。

「そうですか。それでお世話になって。……けど戻ってきましたんで、連れて帰りまさ。さきっ、草太っ、起きろっ」

その声で、奥から七左衛門や慈恵尼が出てきた。さきは起き上がると、慈恵尼の袖《そで》をつかんだ。慈恵尼がいう。

「豊吉さん、戻られましたか。お子さんお二人、昨晩からお預かりしていたんですよ。どうぞ、中にお入りくださいな」

「こりゃまたみなさん、おそろいで」

慈恵尼だけでなく、いるはずもない名主の七左衛門まで出てきたことに驚いたのか、豊吉の声が少し上ずった。

「おそろいでじゃないよ、豊吉。子どもも田んぼもほっぽって、おまえってやつは……どこで何をしていたんだい」

七左衛門がぴしゃりといった。豊吉は髭《ひげ》も月代《さかやき》も伸び放題だった。着物は垢《あか》じみてぼろを纏《まと》ったようにしか見えない。目元も窪《くぼ》んでいて、十は老《ふ》けて見えた。

「ご心配いただいて痛みいりやす。憚《はばか》りながら、今、迎えに来た次第で。さきっ！こっちにこい！」

「豊吉、子どもの面倒も見ないで、食べるものもなくて二人とも倒れちまったんだぞ。あんまりじゃないか」

「こんな小さい子たちを残して、どこにいっていたんだ」

「それから、今年の年貢米はどうする気だ。田んぼの手入れもしねえで。このままじゃ大変なことになるぜ」

五人組が口々に怒鳴った。だが、豊吉はそれには答えず、板の間にあがると、慈恵尼の後ろにいたさきに手を伸ばした。

行きたくない。ここにいたい。さきは、慈恵尼の陰に隠れるようにして、法衣《ほうい》の裾をぎゅっと握った。

だが、豊吉はさきの腕をつかんだ。

「豊吉さん、ちょっと待って。子どもたちが元気になるまでここに……」

慈恵尼の声は、豊吉の怒鳴り声に打ち消された。

「そういうわけにはいかないんでさ！」

慈恵尼は引き下がらなかった。

「豊吉さん、どうぞ落ち着いて。おさきちゃんと草ちゃん、具合が悪いんです。元気になるまで、ここでお預かりいたします」

「それはご親切なことで。ですが結構ですよ」

「ちゃんと食べさせないと、命に関わりますよ。とくに草ちゃんは体が弱っていてまだ熱が……」

「だったら、さきだけ連れて帰りますよ。さきっ！　来い！」

「いやだ。草ちゃんと一緒にいたい」

「おまえまで世話になったら、庵主さまもてえへんだ。さ、行くぞ。親のいうことを聞きやがれ！」

豊吉が強い声でいう。

さきは顔を上げた。そして、戸口にひとりの男が佇《たたず》んでいるのに気がついた。雨除けの蓑《みの》を着ている。その男の横顔に見覚えがあった。

あの夜、おっかさんを連れて行った爺さんだった。鼻の脇のほくろが同じだった。髪が薄く、細い髷《まげ》も。

「行かない」

さきはいった。豊吉の眉が上がる。

「何をいってやがる。さあ、早くこっちへ来い！」

さきはかっと目を見開き、豊吉をにらみつけた。

「おとっつぁん、……あたしを売るんだね。あたし、知ってる。その後ろの人、おっかさんを連れて行った人だ。おっかさんの背中を押して、無理やり歩かせた人だ。……それからおとっつぁん、お金を懐に入れてた。あたし、全部見てた」

「ば、馬鹿をいってんじゃねえよ。おまえは夢を見たんだ」

「夢なんかじゃない。私、絶対に忘れない。その人だ！」

さきは戸口にいる男を指さした。

「ぐたぐたいってんじゃねえ。子どもは親のいうことを聞くもんだ。さあ、こっちへ来い、さきっ！」

豊吉がさきに手を伸ばす。さきは連れていかれまいと、慈恵尼にしがみついた。豊吉の大声で目覚めた草太が起き上がり、さきにおぶさるように寄りすがる。

七左衛門が豊吉の肩に手を載せた。

「豊吉、慈恵尼さんのいう通り、今日は子どもたちはここへ預けて、帰った方がいいんじゃないか？」

「名主さん、それでいいんですか。うちの分の年貢、肩代わりしてくれるんですかい？」

七左衛門はそれには答えず、豊吉の目を射るように見た。

「豊吉、ほんとかね。あの優しいおかみさんを売ったたってのは」

「そちらさんには関わりのないことでさ」

「むごいことを……。そのうえ、娘も売ろうだなんて。人の所業じゃない」

「もう四の五のきれいごと、いってられねえんでさ。このままいったら、みんな揃って簀《す》巻《ま》きにされて、海に放り込まれる。娘は親のもんだ。親と弟を助けるためにできることが、さきにはあるんだ」

そういって、また豊吉はさきに手を伸ばす。慈恵尼はさきを自分の後ろに押しやった。

「今日はお渡しできません。出直してください」

「どけっ」

豊吉が怒鳴りながら慈恵尼を横倒しにしようとするのを名主たちがかばおうとしたとき、和清尼が慈恵尼の前に出て、豊吉の手を目にもとまらぬ早業でぴしゃりと打った。

「おいおい、何をやってんだ。いつまでも待たせやがって」

豊吉の後ろからしゃがれた声が聞こえたと思いきや、柄の悪いやくざ者たちが中に入ってきた。ぞろりと長い羽織を羽織っている。

慈恵尼は男たちを見回し、きっぱりといった。

「お引き取りください。当寺は小さいながらも、六代将軍徳川家宣さまにつながる由緒ある尼寺。乱暴狼藉は認めませぬ」

名主と組頭も豊吉と男たちをにらみつける。

「この尼寺から出て行ってもらおう。千光寺は村の宝だ。我々も黙っているわけにはいかない」

「女寺だといって、侮らないように。寺には十六歳で北辰一刀流免許皆伝の小太刀の名手もおります。得度《とくど》した身ですので、殺生《せっしょう》はいたしませんが、人や自分を守るために腕を振るうのはやぶさかではございません」

慈恵尼は、和清尼に目をやりながらいった。和清尼の隙のない立ち姿を見て、豊吉と男たちは鼻白んだ。

　頭領格と思われるやくざ者が口を歪《ゆが》めながらいう。

「しかたがねえや。今日のところは引き上げやすか。けど、村のみなさん、出るところに出れば、子どもは親のものでござんすよ」

　男はそういって、豊吉の背中を突き飛ばし、引き立てるようにして去って行った。

　草太がさきにむしゃぶりつき、泣きながらいった。

「ねえやん、どこにも行くな！」

「行かないよ！　ねえやんはずっと草ちゃんのそばにいるよ！」

　さきは草太の頭と背中をなでながらいう。

　また熱が出てきたのだろう。草太の身体が熱かった。

　でも、豊吉やあの男がいった通り、子どもは親のものだ。さきは遅かれ早かれ売られて、草太はひとりになる。

　さきは唇を噛み、涙をこらえた。

　逃げなければ。草太の熱が下がって、雨があがったら。

　名主たちと慈恵尼の話し合いは遅くまで続いていた。

四

和清尼が作ったおかゆを草太に食べさせると、草太はくたくたと眠った。

小さく切った大根と米を弱火にかけて、コトコトとゆっくり煮こんだおかゆだった。できあがる直前に散らした、細かく刻んだ大根の葉と、ほんのちょっとふった塩がいい塩梅《あんばい》だった。

さきはおかゆのおかわりをした。

悲しくてもおなかは減る。ずっとひもじかったから、身体がもっと食べたいといっているかのようだった。

草太は眠りながら、さきの手を握っている。

名主たちは夜も更《ふ》けてから、帰って行った。

板の間で寝ているさきたちの隣に布団を持ってきて横になったのは、和清尼だった。

「心配しないで眠りなさい。私が隣にいるから大丈夫よ」

和清尼は、にこりともせずにいった。

そのぶっきらぼうさが、さきには心地よかった。

慰めの言葉も、いたわりのまなざしも、なんの役にも立たない。お飾りの言葉など、腹の足しにもならない。

夜明け前に目が覚めた。相変わらず、雨が降っていた。

月が出ていないので、雨戸の隙間から入ってくる光はなく、あたりは漆黒だった。

闇の中で、さきはやはりこれからのことを考えずにはいられなかった。

すると不意に、やくざな男たちに小突かれながら帰っていった豊吉のことが思い出された。

娘を売ろうとしている父親――それなのに気になるのだ。男たちに殺されるのではないか。いや、もう殺されてしまったかもしれない。おとっつぁんなんて死んだほうがいいと思っているのに、無事かどうかが気になるなんて、あたしは馬鹿なのか。

さきは布団から身を起こした。熟睡している草太を起こさないように、そろそろと布団から抜け出た。

草履をはこうとしたとき、和清尼の声が後ろから聞こえた。

「今、外に行ってはいけない」

有無をいわせない言い方だった。和清尼はいつの間にかさきの真後ろに立っていた。気配もしなかった。

「今、家に帰ったら、おまえは売られてしまうかもしれない。草太のそばにいなさい」

しばらくして雨が小降りになった。

空がうっすら明るくなり、小鳥が鳴いている。

和清尼はさきに、顔を洗ったら朝餉の手伝いをするようにいった。いわれるまま、さきは米を研ぎ、沢庵を切り、味噌汁の具の大根と油揚げを細切りにした。

「おさきちゃん、おさんどん、上手ね」

慈恵尼がいった。和清尼は表情も変えずにうなずいた。

「私がここに来た時より、ずっと手際がいい」

さきは和清尼をちらっと見上げた。慈恵尼が笑った。

「それはいわないでおこうと思ったのに、自分でいっちゃった」

草太の熱は下がっていた。ようやく食欲が出てきたらしく、ご飯を茶碗一杯、すっかり平らげたが、まだ身体はしゃんとしないようで、食べるとすぐに布団にもぐりこんだ。

名主の七左衛門がやってきたのは、昼四ツ（午前十時）だった。

話があると、さきも座敷に呼ばれた。

慈恵尼、和清尼、さきの前で、名主の七左衛門は語った。

先夜、寺を出た七左衛門と五人組は、豊吉の家に行ったという。

豊吉は胴元と屈強な男たちに見張られていた。

七左衛門たちは、胴元を説得して、少しのあいだ外に出てもらい、豊吉と腹を割って話した。そこでもはや、田畑を耕す気力も失い、女房に続き娘も売って金にしようとしている豊吉に、土地を本銭返《ほんせんがえ》しにすることを持ち掛けたのだ。

この時代、田畑の売り買い、すなわち永代《えいたい》売りは公儀によって固く禁じられている。ただ質入れの形をとる本銭返し（本物返《ほんもつがえ》し）と年季売りという方法があった。

本銭返し（本物返し）と年季売りされた土地は、質取主が耕作でき、そこから生じる利益は質取主のものとなる。本銭返しは借りた金を返却しない限り、田畑は戻ってこないが、年季売りは決めた年限が過ぎれば質入主に田畑は戻される。定められた年季に、田畑から得た収益が、借金の元利と相殺されるという仕組みだった。

——おまえの田地一反四畝を抵当にして十四両、本銭返しで貸そう。質入年限は八年。

七左衛門はそう持ちかけたのだ。

八年後に、借りた十四両を返金すれば、田畑は戻ってくる。質入れ年限が三年、五年というものも多いのに、八年という長さは七左衛門の温情だった。

七左衛門は今と同様、自分の土地を耕せば豊吉に給金を払うともいった。八年で十四両という金を作るのは並大抵ではないが、できない額ではなかった。娘を売るよりはよほどいい。

一も二もなく、豊吉はその話をのみ、書面に署名をした。この金があれば借金をすべて返せるとほっとした顔でいい、そのときだけは、豊吉は真人間に戻ったようだった。

その場で七左衛門たちが立会いのもと、胴元に借金を返し、借用書を取り戻した。そして今朝、千光寺に伴おうと、七左衛門は豊吉のところに寄ったのだが——。

「豊吉が逃げた」

七左衛門はいった。家はもぬけの殻だったという。

「一所懸命働けば子どもたちを育てられたのに。金は十年でも十五年でも待ってやるつもりだったのに……どこまでも愚かな男よ」

七左衛門はそういってため息をついた。

さきは辛かった。父親のことなのだが、自分が責められているような気がして、

「すみません」と頭を下げ続けた。

豊吉は名主宛に「自分を人別帖《にんべつちょう》から外してくれ」という文を残していた。さきと草太宛のものはなかった。

「人別から外すって」

さきが尋ねた。

逃げた先で豊吉が犯罪に手を染めるようなことがあれば、責任は人別に入っているこの村の五人組、名主にまで及ぶ。

人別から豊吉を外せば、名主たちが連座で罪を問われてしまうことはない。しかし、豊吉本人は社会的な後ろ盾を失い、たとえば物乞いで捕らえられただけでも、百姓という身分を失う。

さきは力が抜けた声でつぶやく。

「もう帰ってこないんだ、おとっつぁんは」

「おそらく……」

今後のことを七左衛門と慈恵尼と和清尼が話し合うというので、さきは庫裡に戻った。

草太は眠っている。熱が下がり、目が覚めるとすぐに動きたがる草太を、まさが見守っていた。

やがて三人が出てきて、七左衛門はさきの頭をなでて、帰って行った。

「雨がようやく上がって、今日はいい天気。少し歩きましょうかね」

慈恵尼はさきにいった。

ろくでもない父親がいなくなり、出て行った日に、さきはきれいな空など仰いだりしたくなかった。だが慈恵尼に促されて、しぶしぶ一緒に外に出た。

雨で洗われた緑が鮮やかだった。ぴかぴかに光っていた。

慈恵尼は籠をかつぎ、その辺の百姓のばあさんよりも身軽にすたすたと山道を登っていく。

「こっちよ」

ある場所で、慈恵尼は山道から林の中に入った。雨上がりということもあり、湿気が強い。しばらく進むと、そこに大きな葉を広げた蕗《ふき》が群生していた。

「はい、これ。根元をこれで切って」

慈恵尼が籠からはさみを取り出し、ひとつをさきに渡した。

「手で折ってもいいけど、指先があくで黒くなるからね」

チョキン、チョキン、チョキン、チョキン……。

大きくて柔らかくてみずみずしい蕗だ。

「食べられるものを探して、何度も丘を登って来てたのに、ここに蕗がこんなに生えているなんて気がつかなかった」

そういったさきに、慈恵尼は手を休めずにいう。

「ここは美味しい蕗が育つ、日当たりがよくて水持ちがいい場所なの」

「庵主さまの秘密の場所？」

「和清尼もここを知ってるから、千光寺の秘密の蕗畑かな」

慈恵尼が笑った。

つんと腕に痛みが走り、猛烈なかゆみを感じた。蚊だ。梅雨もまだなのに、気の早い蚊がもう出てきている。

ぽりぽりと腕を掻《か》いていると、慈恵尼はおいで、とさきを手招きして、蕗の葉っぱをちぎって、蚊にさされたところにおしあてた。

「蕗の葉の搾り汁は虫刺されに効くんだって。……ちちんぷいぷい、かゆいのかゆいの、とんでいけ」

そのとたんに、さきの顔が歪んだ。

「……まえにおっかさんが同じことしてくれた。……おとっつぁんも」

目が潤んだと思いきや、さきは栓《せん》がとれたように泣き出した。涙が止まらない。

慈恵尼は黙ったまま、しゃくりあげるさきを抱きしめた。

「おさきちゃん、千光寺で私たちと一緒に暮らさない？」

「いつまで？」

「尼さんにならなくてもいいの。年頃になったら奉公に出てもいい。おさきちゃんを私に育てさせてほしいの」

「草ちゃんは？」

「草ちゃんも一緒よ。尼寺なので、草ちゃんと暮らせるのは十歳まで。それからは奉公に出てもらうことになるけれど」

草太は五歳。あと五年はある。

「草ちゃんと、このお寺で暮らせるの？」

慈恵尼がうなずいた。

親に捨てられた自分たちが一緒に暮らせて、そのうえ食べ物の心配もしなくていい。

「草ちゃんと一緒なら、あたしはどこでもいい」

さきは慈恵尼の目を見て、きっぱりといった。

寺に戻り、さきが草太に、これからはここで暮らすことになったというと、草太はぽかんとした顔になった。

「おとっつぁんは？」

「おとっつぁんは田んぼを売って、村を出ていっちゃった」

「おいらたちを置いて？」

「うん」

草太はさきを見つめた。

「ねえやんはいなくならないよね」

「あたしは絶対に草ちゃんのそばにいるよ。ずっとずっと。絶対にそばにいるから」

さきはそういって、草太を強く抱きしめた。

「おさきちゃん、蕗のあく抜きできる？」

慈恵尼に、さきはうなずいた。

蕗の葉をぽきん、ぽきんと折って、茎だけにして塩を振り、まな板の上でごりごりと板摺《いたずり》をする。ぐらぐらの湯でさっと茹で、いったん水にとり、筋をとって、また水に放せばあく抜き完了だ。蕗の茎の緑色がぴかぴか光っていた。

蕗の葉も茹でて、水にさらした。葉っぱはあくが強いので、さきは何度も水を替えた。

「おさきちゃん、ほんとになんでもできるのね」

「庵主さま、村の子はみんな、そうなんですか」

和清尼が尋ねる。

「そうとは限らないと思いますよ。みんな、お手伝いはするけれど、おさきちゃんみたいに、何もいわなくてもこんなにさっさとできる子はそういないんじゃないかしら。……おっかさんに教わったのね。きっとおっかさん、料理も、教えるのもとっても上手だったのね」

さきは唇を一文字に引き締め、涙を止めようとするようにまばたきを繰り返しつつ、小さくうなずいた。

和清尼は下処理した茎を適当な大きさに切り揃えると、醬油、塩、砂糖、酒で調味した汁を小鍋に入れて煮たてた中に、蕗の茎をいれて、さっと煮た。

葉もみじん切りにして、胡麻油で炒め、醬油と酒とみりんを加え、汁けがなくなったら炒り胡麻をばさっと加えて、佃煮を作った。

慈恵尼は蕗ご飯にとりかかっていた。水に放った蕗と油揚げを細かく切り、米と塩少々とで羽釜で炊く。

蕗の煮物、佃煮、蕗ご飯、豆腐の味噌汁がお膳に並んだ。

「うまい」

　草太の食欲も戻ってきたようで、もりもり食べている。

　庵主さまに優しくされて、草太は嬉しそうだった。さきは、ちょっと悔しいような、腹立たしいような気持ちになった。

　草太は甘えん坊だから、親切にされるとすぐにその気になる。嬉しくなって調子に乗って、丸め込まれる。それがさきをイライラさせるのだ。

「おさきちゃんも、蕗ご飯、おかわりどう？　味噌汁も食べなさいな。育ち盛りなんだから」

　さきは立ち上がって、二杯目の蕗ご飯をよそった。

　居心地が悪かった。優しい人、いい人はやっぱり苦手だ。

　優しくされたら、こちらも優しくしなければならないから。素直で可愛い、人のいうことをきく娘でいなくてはならないから。

　さきはいい子になんかなりたくない。

　さきも草太も、村の鼻つまみ男の子ども、その男にすら捨てられた子どもだもの。

　これまで村の子どもたちから、着物が汚いとか、風呂に入っていないとか、いやなことばかりいわれてきた。仲間外れにもされた。

でもそんなこと、どうでもいいと思っていれば、耐えられる。

むしろ、少し冷たくされるほうがいいんだ。

優しさは怖いもの。一度そこにもたれかかったら、立ち上がれなくなりそうだもの。

人に甘えることを覚えれば、きっといつかその人に裏切られることになるもの。

でも、生きるために、草太と暮らすために、今はここにいるしかない。

「佃煮、苦いわ。無理して食べなくていいよ」

和清尼がぼそっといった。

「平気だよ。まずくても、食べられるものはなんでも食べてきたから」

さきはそうつぶやき、佃煮を口に入れた。苦かった。さきは息を止め、無理やり飲み込んだ。


本堂の裏手にある尼たちの住まいは、庫裡、板の間、六畳の座敷、三畳が二部屋、六畳が一部屋である。

和清尼が眠る三畳間の隣の、手前の三畳間がさきと草太の部屋となった。

一日を終えた慈恵尼は、いちばん奥の自室の六畳間で布団に入ると、長いため息をついた。

さきが心を開くまで、時がかかりそうだった。

幼い草太のためにしっかりしなくてはと、さきは自分を奮い立たせて生きてきたのだろう。人の世話にならず、弱音を吐かず、誰にも甘えないと、決めているにちがいない。

さきの不安や怒りは、和清尼が抱えているものと似ていた。そして慈恵尼自身も身に覚えがあるものだった。

さきの心を開くためには、まず信じてもらわなければならない。少しは頼りになる大人だと。甘えてもいい大人だと。裏切ったりしない信用できる大人だと。

明日、さきと草太が好きな食べ物を、聞いてみよう。

さきは「食べられるものならなんでもいい」と、つっけんどんにいうかもしれない。

それなら、草太の好きなものを作ろう。

和清尼の好きなものも、自分の好きなものも作ろう。

その中に、さきの好きな食べ物があるかもしれない。

また雨がしとしとと降りだした。

まもなく梅雨がはじまる。木々や草花、何より稲にとって恵みの季節の到来だった。

摘《つ》み草《くさ》の里《さと》　千光寺《せんこうじ》 精進《しょうじん》ごよみ　朝日文庫

2025年３月30日　第１刷発行

著　　者　五十嵐佳子《いがらしけいこ》

発 行 者　宇都宮健太朗
発 行 所　朝日新聞出版
〒104-8011　東京都中央区築地5-3-2
電話　03-5541-8832（編集）
03-5540-7793（販売）
印刷製本　大日本印刷株式会社

Published in Japan by Asahi Shimbun Publications Inc.
定価はカバーに表示してあります

ISBN978-4-02-265190-7

落丁・乱丁の場合は弊社業務部（電話 03-5540-7800）へご連絡ください。

送料弊社負担にてお取り替えいたします。